眉飞色舞

饶雪漫 作品

湖南文艺出版社

图书在版编目（CIP）数据

眉飞色舞 / 饶雪漫著. -- 长沙 : 湖南文艺出版社, 2012.4

ISBN 978-7-5404-5443-2

Ⅰ. ①眉… Ⅱ. ①饶… Ⅲ. ①长篇小说－中国－当代 Ⅳ. ①I247.5

中国版本图书馆CIP数据核字(2012)第044473号

眉飞色舞

作　　者：饶雪漫
出 版 人：刘清华
责任编辑：丁丽丹
特约编辑：方悄悄　丁　丁　舒　舒　楼淑敏　许　莉
封面设计：八　牛　JOJO
美术编辑：郑卫卫　向　梦　李亦凡　顾利军
出版发行：湖南文艺出版社
（长沙市雨花区东二环一段508号　邮编：410014）
网　　址：www.hnwy.net
印　　刷：北京鑫瑞兴印刷有限公司
经　　销：新华书店
开　　本：880mm×1230mm　1/32
字　　数：172千字
印　　张：8.625
版　　次：2012年4月第1 版
印　　次：2012年4月第1 次印刷
书　　号：ISBN 978-7-5404-5443-2
定　　价：18.00元

（若有质量问题，请致电质量监督电话：021-64386496）

目录 Contents

眉飞色舞

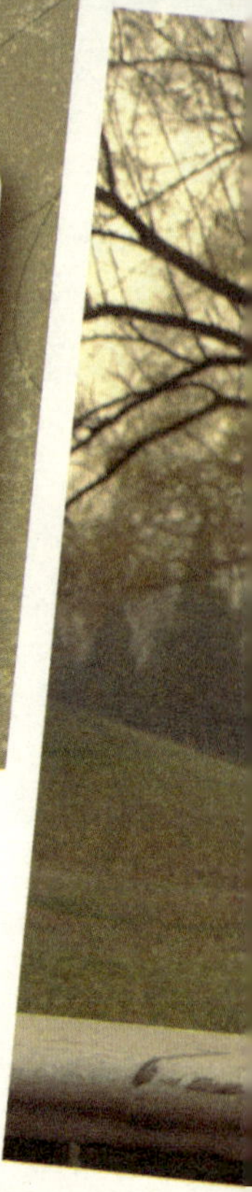

那时候人人都说我是一个快乐的女孩　你也这么说

你说你怎么这么爱笑啊　连考得不好都能笑得出来

我也只是笑着不说话

因为我不想告诉你

我的快乐都是因为可以和你在一起

其实那时候的我们

也没有任何不快乐的理由

生活里最大的挫折

不过是作业太多 考试太差被老班批

我们也有自己的秘密
而想要倾诉的时候
幸运的我们
总有最亲爱的朋友陪伴左右

我们从来没想过
有一天笑容会从我们的嘴角消失
我们会有心事对谁都不能说
是的
我们都会因为思念一个人
而变得沉默

一张废掉的画可以扔掉重来

而过去的日子呢

就像朱自清的散文说的一去也不复返了

苏眉无力地趴到书桌上

作业还有一大堆　肚子开始咕咕叫了

但她此时最想的是睡觉

美美地睡上一觉

陈歌说，他恋爱了

苏眉靠在公车站台的栏杆上哭泣。

这时是晚间十点整。寒风凛冽，冬夜的大街上没有什么人。不过有没有人苏眉都一样会哭的，因为实在是忍不住。她一边哭一边用袖子抹着眼泪。抹掉了，甩甩袖子，再哭，再抹。

眼泪就这样没完没了。

一个四十多岁也在等车的中年男人晃过来，看着她说：“小妹妹你别哭啊，你就是失恋了也不要这么哭啊！”

苏眉抬起头来看那男人，他穿着很臃肿，一双小眼睛贼贼地盯着自己，眼神里充满了不轨的企图。不过苏眉不怕他，伤心欲绝的苏眉什么也不怕，她吸吸鼻子，冲着那男人清晰地吐出一个字：“滚！”

“呀！”男人说，“你这小姑娘怎么这样？我好心没好报喽。”

苏眉不再理他，继续哭。

男人耸耸肩走开了。

苏眉一边哭一边伤心地想：“原来全世界都知道我失恋，除了陈歌。”

今晚陈歌把苏眉送出门的时候苏眉还是笑笑的，陈歌说："慢慢走啊，我不能送你啦，你自己路上要小心些。"他想了想又塞给苏眉十块钱，说："今天太晚，别坐公车了，打的吧。"

"不要啦。"苏眉慌忙地摆手说，"我口袋里钱多哩。"她一直很努力地在笑，不想让陈歌看出一点点的破绽来，辛辛苦苦地守了这么久的秘密，可不能在这一刻让谁知道。只是怎么也忘不掉陈歌是怎样眉飞色舞地对自己说："妹妹，告诉你一个好消息，我恋爱了！"

妹妹，多亲热的称呼啊。苏眉喜欢极了他这样叫自己。其实陈歌一开始是叫她苏眉的。后来叫眉眉，再后来才干脆叫妹妹了。苏眉倒是一直都叫他陈歌。陈歌，陈哥，反正听起来都差不多。

心狠狠地抽了一下，苏眉问道："哦，她漂亮吗？"

"废话！"陈歌弹她的脑门一下，"对我没信心？"

苏眉就只好傻傻地笑。是傻啊，苏眉想，还天真地以为他可以等自己长大，大到也可以有权说一个"爱"字的时候，其实早该知道无论如何也来不及的啊。

算一算，苏眉和陈歌认识快五年了。

小学毕业那年的暑假，苏眉十二岁。暑假很无聊，妈妈找来正在美院念大学的陈歌教她画画。和陈歌见面的第一次苏眉就注意到了他的眉毛，很好看，会说话一般。让人忍不住想伸出手去摸一摸。

陈歌说：“你好，小朋友，我叫陈歌，耳东陈，唱歌的歌。”

“别叫我小朋友，”苏眉不满地说，“我十二岁了。”

“好吧，苏小姐，”陈歌很绅士地一弯腰说，“认识你真高兴！”

逗得妈妈和苏眉哈哈大笑。

不过苏眉无心学画，陈歌第一天上班，妈妈走后苏眉就对他说：“你不用教我了，我想看电视，你可以打游戏，咱们各玩各的。”

陈歌一把拉她到写字台前，说：“那可不行，你妈妈付钱给我的。我要对你负责。”

“她不过是买个心安，怕我一个人在家害怕。至于画画，学不学无所谓的，反正我也不感兴趣。”

“你怎么可以这么说？”

“不然他为什么找你？”苏眉看着陈歌，振振有词地说道，“那是因为你个头高，要是有坏人到我家，你还可以当保镖。”

陈歌哈哈大笑，然后一板脸说：“小丫头，保镖我可以做，但该学的你还是要学。”

“我不想学！”苏眉一边干脆地说，一边用眼睛瞟着电视。陈歌走过去把电视一关，苏眉就跳过去打开，陈歌再关，苏眉再开，来来回回十几次。苏眉首先笑出来，说：“你真有趣，我不看电视了，因为和你玩比看电视更有趣。”

“跟我学美术你会发现更有趣。”陈歌胸有成竹地说。

“好！”苏眉顺从地说，“我学。”

第一个回合，就输得心服口服。

那个时候的苏眉已经没有了爸爸，爸爸什么也不要，就带着另外一个女人去了很远的地方。

爸爸走的那天把苏眉紧紧地抱在怀里，说：“眉眉你不要怪爸爸狠心啊，你长大了就明白了，爸爸也是不得已。”但那时候的苏眉还没有长大，她什么也不明白，只能瞪大眼恐惧地看着家里的这场变故。

苏眉的妈妈在一家大商场做老总，是这里出了名的女强人，她一滴眼泪也没有掉，照样在商场加班加点拼命地干，让一个面临倒闭的商场业绩节节上升，社会各界好评如潮。

寂寞的只有苏眉。

寂寞的苏眉渐渐变成一个坏脾气的女孩，生起气来，敢用妈妈的口红把家里的墙壁涂得一塌糊涂，敢一个人坐在街心公园十二点也不归家。所以妈妈希望她学美术，听说画画可以让一个女孩变得宁静。苏眉后来真的变得宁静了许多，不过原因不是这个，而是因为，她遇到了陈歌。

还记得那是一个雷雨交加的夏天的夜晚，雨大风大不说，雷声更吓人，像是要把地炸出一个个的洞来才罢休。妈妈打了一个电话，说是要晚回家。苏眉吓得一个人躲在被窝里，拿枕头紧紧地蒙住耳朵。

她一直在发抖。直到陈歌按响了门铃。

苏眉从床上跳下来，想也没想就一把拉开了门。陈歌全身都被雨淋湿了，头发眼睛眉毛全是湿湿的。他责备苏眉说：“傻丫头，也不问问就开门。要是坏人你就完了，知道不？”苏眉拼命地摇头，拼命地抱着湿湿的陈歌，眼泪一个劲地往下掉，心里想：就是来个坏人也好，也没有这样的雷声可怕。

“可怜的孩子。”陈歌拍着她的后背安慰她。陈歌的身上有种让人安定的气息，让苏眉想起了一去杳无音信的爸爸。那晚陈歌陪苏眉一直到妈妈回家，苏眉没有睡意，他就给她讲安房直子的童话故事。故事里的小狐狸可以把你的指甲涂成蓝色，再用手指搭起窗户，你就可以看到你最想看的人。故事美极了，陈歌也讲得好极了。苏眉听完，一声不响地拿出颜料来，也把指甲涂成一片一片的蓝。陈歌微笑着看她做这一切，看她将手指搭成窗户的样子，问她说：“想看到谁呢？”

“爸爸！”苏眉脱口而出。真的好想看到爸爸，他走后，苏眉就再也没有见过他。妈妈把他所有的照片都收了起来，苏眉真怕自己以后再也想不起爸爸是什么样子。

“看到了吗？”陈歌问。

苏眉摇摇头。

“傻丫头！”陈歌指指心口说，“在这里的就一定会看得到！你再用心试试。”

苏眉不太明白陈歌的意思，她看着陈歌，看到陈歌的眉毛，这回她很大胆地伸出手摸了一下，陈歌没有躲。

苏眉说："你的眉毛长得真好看，比我爸爸的好看多了。"

"免费参观！"陈歌大方地说。

"谢谢你来陪我，"苏眉笑了，"你真是个好人。"

"还和我客气？"陈歌说，"这是我应该做的嘛！"

"这是我应该做的嘛！"从那以后，陈歌好像就总跟苏眉说这样的话。不管做了什么不好的事，总是有陈歌来替她收场。苏眉想要是没有陈歌，自己现在不知道会是什么样子，说不定是安安静静，又有些郁郁寡欢，像叶莎那样。要不，就是像倪蔚佳那样，疯疯癫癫，却又看破红尘的样子。虽然她们都是自己的好朋友，但苏眉还是最喜欢自己，就是这样的自己，挺好。

终于哭了个够。

苏眉擦擦泪，跳上了摇摇晃晃的末班车。

回到家近十一点，妈妈在楼下，已等得十分焦灼，见了苏眉便紧张地拉住她问道："你怎么这么晚？陈歌来电话说你早该到家了。"

"没什么。公共汽车出了点问题。"苏眉避开妈妈审讯的眼光往楼上走去，一边走一边故作轻松地说："我这么大了，有什么好担心的？"

但苏眉妈妈是多精明的人，回到家关上门就说："眉眉你哭过了，你告诉妈妈，这是怎么一回事？"

"没事。"苏眉把书包往地板上一扔，再把自己往沙发上一扔。她用手盖住脸，努力掩饰哭过的痕迹。

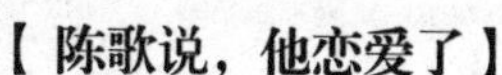

“姑娘大了，也有心事了。”妈妈叹气说，“有什么心事不好跟妈妈说呢？”

“真的没有，真的没有，就是累！求求好妈妈，你让我休息一下。”

“陈歌的新作如何？”也许知道逼也没用，妈妈终于让步，转了话题。

“很好。”苏眉说，“马上就要举办个人画展了，他的进步真是快得让人嫉妒。”

“这孩子有出息。当初，你秦叔叔推荐他来教你，我一眼就看出他有出息。”妈妈感叹说，“如今像他这么稳重又有上进心的年轻人真是不多了。”

“是啊。”苏眉说，“妈妈，我真的好累，我想先睡了。”

“快睡吧，”妈妈说，“你脸色奇差。”

苏眉挤出一个笑，跟妈妈道晚安。

进了自己的房间，一眼看到的就是挂在墙上的那幅画，那是陈歌送给苏眉的十六岁的生日礼物。画上的苏眉半低着头浅浅地笑着，身后是一颗茂盛的大树，树干很粗，一直伸向天空。

画的名字叫做《多梦时节》。

记得当时陈歌把这幅画递到苏眉的面前，苏眉吓了好大的一跳，她真没想到陈歌仅凭记忆也能把自己画得如此神似，然后就是感动，连“谢谢”两个字都老半天没能说出来。陈歌说：“生日快乐啊！以后可是大姑娘了，不能再动不动就哭鼻子。”

“喳！”苏眉俏皮地答。

那以后苏眉真的很少哭，一次去写生扭了脚脖子，疼了一个星期也没有哭。一直到今天，听到陈歌对她说：“我恋爱了。”

其实陈歌早就该恋爱了，大学毕业后他留校任教，喜欢他的女孩子很多，听说只要是他上课，没有一个女生会舍得缺席。学校里条件不是太好，食堂里的菜难以下咽，也总有人提了煮好的饭菜给陈歌改善改善。但陈歌都总是不卑不亢，说是要先忙事业再忙家庭，不急不急。

不急的陈歌这回也急了，真不知道那该是个怎样的女孩，但是能在短时间内收服陈歌的心，想必不是等闲之辈。这么一想苏眉的心里更是酸酸的，躺在床上，她骂自己说：“苏眉你莫名其妙，你活该！”

冬天的风凶狠，吹得窗棂一阵阵地猛响，苏眉就在那样的响声里晃悠悠地入睡。她以为自己会梦到什么，实际上那晚什么梦也没有，无梦的夜显得格外冷清。清晨醒来的时候，苏眉留恋被窝里的温暖，怎么也不愿意起身，妈妈把衣服扔到她被子上，说：“懒丫头，快快快，要迟到了！”

“妈妈，”苏眉哀求说，“您就让我逃一天学吧！”

妈妈忽然警觉地看着苏眉，再拿手碰碰她的额头，说：“眉眉你真的没出什么事吧？你可别让妈妈穷担心！”

一听这话，苏眉“噌”的一下就从床上跳了起来，妈妈要是刨起根问起底来，那可又是没完没了的事，还不如自觉去上学更让人省心。

以百米冲刺的速度赶往学校，在校门口遇到同样急急忙忙的倪蔚佳，一见她就盯着她说：“阿眉眉你哭过？”

阿眉眉是倪蔚佳对她的爱称，倪蔚佳喜欢流行歌曲，自己唱歌也相当不错，对层出不穷的流行歌手更是如数家珍。自从那个叫“阿妹妹”的组合红了以后倪蔚佳就这么腻腻地叫她，全然不顾苏眉是否同意或喜欢。

苏眉说：“神！”

倪蔚佳拉着她往教室跑，一边跑一边说：“神什么神，你眼睛肿得像核桃，用脚趾头想也知道你哭过！”

“是吗？”苏眉摸摸脸，赶紧换话题，“你吃早饭了吗？我出门前只喝了一杯牛奶，饿得发晕哩。”

“别怕！”倪蔚佳说，“我书包里有好吃的。不过我可提醒你，以后不要空腹喝牛奶，不吸收不说，还容易长胖！”

“谁说的？”苏眉怕起来。

“哈哈哈哈哈……”倪蔚佳哈哈大笑说，“我说的，我就知道你怕胖才说的！”

苏眉气得抡起书包来砸她，倪蔚佳一边躲闪一边尖声叫着：“谋杀了，谋杀了，快救命呀！快救命呀！”

一操场的人都看过来，苏眉只好收了手。

真是服了倪蔚佳，苏眉可没有她那么能放得开。

再说，肚子饿着，也跑不动。

一进教室门就看到叶莎，叶莎冲她们笑笑，抬了抬手算作打招呼。她总是这样，没有过多的话。也许和她的特长有关，言语尽在举手投足之间。叶莎从小学舞蹈，她有清秀的五官和优美的颈项，怎么吃也胖不起来，是很多男生心仪的人物。但她只和苏眉和倪蔚佳走得近，三个性格迥异的女孩各有所长，又被友谊连在一起，成为江中高二(2)班一道引人注目的风景。

早读课没心思。满脑子都是陈歌。

苏眉想，哦，陈歌。

陈歌在恋爱。

他的生活将慢慢被一个别的女孩填满，他将为她作画，陪她说话，并为她欢喜为她忧。他将慢慢地变得和自己无关。

点心变得索然无味，桌上的英语书也成了一张可恶的脸。

一天的课上得昏昏沉沉。

放了学，苏眉还得留下来出板报。叶莎和倪蔚佳都自告奋勇地留下来陪她。不过真正的搭档是班上的男生曾伟。他的字的确漂亮，配上苏眉的画，一直是各个班黑板报的典范。

倪蔚佳够朋友，真的骑了车去买“肯德基”。叶莎先帮着做了点小事，就坐到自己的位子上安安静静地做起作业来。

苏眉捏着粉笔头子，一边画着一张少女的脸，一边就想起第一次出黑板报时的情景。那时是上初一吧，老师听说苏眉正在学画画，就把配图的任务交给了她，其实那时的苏眉水平实在有限，又从来没干过这活，弄到晚上七点还不见眉目，给妈妈打电话的时候急得直掉眼泪。

结果是陈歌赶过来救的场，他只用了那么一小会儿，三下五除二就漂漂亮亮地完工了，让苏眉佩服得五体投地。那以后苏眉才开始真正主动地想学美术，希望有一天，自己的作品也会让陈歌瞠目结舌。

苏眉真的做到了，陈歌不止一次地夸她有灵气，还把她的作品带去给班上的学生们看，大家都说，苏眉有前途。但是妈妈并不希望苏眉将来考美院，她更希望苏眉学经济管理，认为这个专业在将来的社会中最有用。

苏眉反驳妈妈说："你什么也没学过不是也干得这么好？重在实践嘛！"

"我要是学了可以做得更好！"妈妈总是有道理。

苏眉便不好说什么了，她想自己的性格和妈妈是不一样的，不喜欢抛头露面，也不喜欢与人争个你死我活，这一点和爸爸倒是相似。

但是妈妈说爸爸没出息。

很多的事情在苏眉这个年纪来说实在是难辨是非，而且，还往往都没有自己选择的权利。

板报快完工的时候，倪蔚佳才从街上回来，夸张地拎了一大袋子的东西。直叫苏眉和叶莎说："快吃快吃，还是热的呢！"

苏眉看了看，里面什么都有，不相信她这么大方，说：“捡的？”

“还真是捡的！”倪蔚佳说，“你猜我碰到谁？他替我付了账！”

“爸爸？妈妈？亲戚？朋友？”苏眉一边干活一边瞎猜。

“嘿嘿，是陈歌！他带着一女孩估计是他女朋友，我趁机敲他竹杠！”

苏眉手中的粉笔停了下来，她听到自己故作镇定的声音在问：“那女孩漂亮吗？”

“还真漂亮！”倪蔚佳说，“长头发，像林心如，甜甜的那种。你快吃啊！”

苏眉没好气地说：“我手这么脏怎么吃，你自己先吃吧，我完了再吃。”

“不吃白不吃，你快点干。”倪蔚佳说完，跑到叶莎身边一边吃一边听起随身听来，嘴里时不时地还哼着一两句歌：“**把过去都甩了甩了，都甩给他了，天空一片蔚蓝**……”倪蔚佳的歌声真的是很好听，特别是唱到高音处，游刃有余，一点也不让人为她担心。苏眉说：“你干脆好好唱首歌给我们听吧，让我们一边干活一边轻松一下！”

“好！我唱！”倪蔚佳把手里的辣鸡翅一放，人往讲台上一跳，说，“我唱一首你们都没有听过的，保证让你们满意，这是我在我表姐家学会的，是首老歌。”

“那就唱吧，”苏眉说，“你唱什么我们都喜欢。”

倪蔚佳轻轻颔首，俏皮地说：“下面由倪蔚佳为大家演唱《原野牧歌》。请欣赏！”

掌声响起，倪蔚佳一扬嗓子，歌声悠然飘出：

辽阔草原美丽山冈群群的牛羊

白云悠悠彩虹灿烂挂在蓝天上

有个少年手拿皮鞭站在草原上

轻轻哼着草原牧歌看护着牛和羊

年轻人啊我想问一问可否让我可否让我诉说衷肠

年轻人啊希望我能够和你一起和你一起看护牛和羊

……

苏眉停下了手中的事，好像从来没有听过这么好听的歌。倪蔚佳唱得真好啊，让人听得一不小心就要醉过去。一遍完了，大家都意犹未尽，拼命鼓掌，一定要让她再唱一遍。

“不唱了！”倪蔚佳拿起架子来，“再听要收费啦！”

“唱啊！”苏眉说，“大不了‘肯德基’全留给你吃！”

“不一样的风格！”曾伟评价说，“比时下的流行歌曲有味道多了，你就让我们再听一次，反正都唱过一次了，当录音重放嘛！”

“不唱了不唱了，就是要让你们心里痒痒的才好！”倪蔚佳够坏。她从讲台上跳下来，又开始拼命地吃。

“唱！”还是叶莎的话有用，“大不了我替你伴舞！”

“真的？”苏眉差点不相信自己的耳朵。

“当然真的！”叶莎说，“这歌让我有舞蹈的冲动！”

倪蔚佳说：“难得我们莎莎小姐有雅兴，我荣幸之至！来来来，今天非要让大家开开眼界不可！”

于是嘻嘻哈哈地关了教室的门开始表演。

当叶莎在倪蔚佳的歌声里翩翩起舞的时候，苏眉觉得自己真的忘记了心里所有的烦恼和不快。

少女的歌声干净而清澈，少女的舞姿柔曼而多情。校园的黄昏在叶莎和倪蔚佳天衣无缝的配合下显得温婉多情，不一会儿，就有好几张脸贴在了教室外的玻璃上。

表演完毕，苏眉竟忘了鼓掌，只听见曾伟在一旁感叹说：“你们真是我们班上的三朵金花，才女啊，才女啊！”

“可不是？”倪蔚佳说，“曾伟你今天是小狗掉到茅坑里了，哈哈哈……”

曾伟一向大智若愚：“倪蔚佳你可真会损人，我说不过你，不和你说。反正我免费看完了表演。哈哈！”

“哼！”倪蔚佳捡起一只粉笔头子就朝着曾伟扔过去。曾伟压根也不躲，装作若无其事的样子，倪蔚佳只好继续她吃的伟大事业。

这么一打岔，板报一直到将近八点才完工。骑车回家的路上，大家都缩着脖子。倪蔚佳先和她们分手，走之前还给她们一人一个飞吻，车子晃晃荡荡，像是进行杂技表演。苏眉说：“你小心点骑，安全第一。”

倪蔚佳说：“那你笑一个？”

苏眉真笑，很夸张，牙全在外面。

等到和叶莎说再见的时候，叶莎把车停下来，对苏眉说：“不管什么事，开心些。”

苏眉说：“嗯。”

叶莎朝她笑笑，上了车走了。看着叶莎骑车离去时优雅的背影，苏眉这才惊觉今天的表演原来都是为了她，心里缓缓地涌出一股暖意来。也谢谢她们都没有穷追不舍地问来问去，多好的朋友啊，苏眉想，用倪蔚佳的话来说，自己也是小狗掉到茅坑里了呢。

呵呵。

到了家，妈妈还没回来，家空荡荡的一如往常。不过苏眉早已经习惯了。好在吃了两盒土豆泥，还不算太饿。第一件事还是拨通妈妈的电话告诉她自己到家了，让她放心。

“我带水饺给你。”妈妈略带歉意地说，“很快我就到家。”

“不用了。”苏眉说，“冰箱里有现成的菜，再用微波炉热热就可以啦。”

“那好吧，我明天做三鲜锅巴给你吃！”妈妈又开空头支票。

挂了妈妈的电话，苏眉又想起来该给陈歌打个电话，谢谢他昨天请客。手机响了半天才有人接，是个柔柔的女声：“请问，

谁找陈歌？”

苏眉迟疑了半天才问道：“是陈歌的手机吗？”

“是的，他有事去了，手机没带，你找他有事吗？”

“我……苏眉。”

“哦，是陈歌的妹妹吧，常常听他提起你啊。”那边的声音热情起来。

“没什么事，”苏眉说，“替我谢谢他昨天请客！”

“好的。”女孩一直在笑，听得出来是个很活泼的女生。这和苏眉想象的是不同的，苏眉想适合陈歌的女孩应该是像叶莎那种的，话不多又有气质，比叶莎再成熟一些就更好。

“关我什么事呢？”苏眉泄气地想，“这都是陈歌自己的事。”

她忽然想起陈歌在那个雷电交加的夜晚给自己讲的童话故事，故事里可以替你把指甲涂成蓝色的小狐狸。苏眉下意识地用手指搭成窗户，台灯的光印得手指透明透明，苏眉仿佛依稀看到陈歌，他皱着眉头看着苏眉的画说：“重来！”

一张废掉的画可以扔掉重来。

而过去的日子呢?

就像朱自清的散文说的：一去也不复返了。

苏眉无力地趴到书桌上，作业还有一大堆，肚子开始咕咕叫了，但她此时最想的是睡觉。

美美地，睡上一觉。

再放上莫文蔚　听她喊唱着

爱情真伟大　没有办法

你没有存款　也可以刷卡

爱情真伟大　不要装傻

其实是不是爱情都没有关系　倪蔚佳想

最关键的是

它可以让人心情如此地舒畅

想一个男生

腥红色的地毯上，CD和VCD散落了一地。

倪蔚佳趴在那里一阵乱挑，终于找出一张莫文蔚的CD，放了起来。

房间里立刻响起莫文蔚懒懒的歌声。封套上的莫文蔚也懒懒的，没有笑容。不过倪蔚佳喜欢，觉得她有女人味。听着听着倪蔚佳就手舞足蹈地跟着哼起来：“想一个男生，要藏也藏不了，我的一切优雅全都乱了阵脚。“想一个男生，要忘也忘不掉，看雨就要下了，我的心却荡漾烦恼……”

这首歌很有意思，叫《想一个男生》。

倪蔚佳倒真是在想一个男生。

男生叫曾伟，坐在倪蔚佳的前一排。想到他前几天对自己说“倪蔚佳你唱歌还真好听”，倪蔚佳的脸上浮起得意的笑容。其实曾伟和倪蔚佳从小学起就是同学，到现在一不小心就已经同窗十载了，想想还真是不容易。

在倪蔚佳的记忆里，小学的时候曾伟长得矮，成绩也一般，不过因为字写得好而工整，作业本倒是常常被老师拿来作为典范给大家看。二年级的一次体育课上，因为做操时不小心踩到倪蔚佳，还被从小就凶巴巴的倪蔚佳狠狠地踹过一脚。记得当时曾伟抱着腿打转，疼得脸都发紫了，不过他并没有还手，也没有告状。这件事情倪蔚佳回想起来一直都挺不好意思的。

到了初三曾伟一下子蹿得很高，成绩也要了命地拔尖，让人不得不对他刮目相看。特别是在高一的一次全市中学生的电视智力大赛中，他反应敏捷，大大地出了一次风头，成为全校的风云人物。

上了高中他坐在倪蔚佳的前面，有时会扭过头来和倪蔚佳聊聊天。不过话说得最多的时候还是他和苏眉留下来出黑板报的时候，看他的手指在黑板上迅速有力地写下一些大字和小字，再跟他瞎扯一气，是很快乐的一件事。

其实喜欢一个男生也没什么错啊，倪蔚佳有点害羞地想，这种感觉还挺甜蜜的。

莫文蔚换了一首歌："爱情真伟大，没有办法。爱情真伟大，不要装傻……"

倪蔚佳可不想装傻，她只是不明白对曾伟的这种感觉究竟是不是爱情？因为这并不像爱情小说里写的那么轰轰烈烈和要死要活呀。不过她也相信爱情是伟大的，应该有可以让人脱胎换骨的力量，不然不会有那么多人拼了命地要爱情。要是有一天真的拼命地爱上了一个男生，倪蔚佳想，不知道自己会是怎样，会不会变得更加地热爱学习和生活，而不是像莫文蔚一样整日懒洋洋的。更何况人家莫文蔚懒洋洋的也可以挣大钱，而自己懒洋洋，前途渺茫着呢。

正胡思乱想着呢，爸爸回来了，一回家就把她的音乐一关，说：“不知道这种东西有什么好听的。还不快去看书？都什么时候了还不着急，有你这样的高二学生吗？考不上大学还指望我养你一辈子？”

倪蔚佳懒懒地从地毯上爬起来，进了自己的房间。听见爸爸在她身后很不高兴地说：“站没站相，坐没坐相，真不知道你是怎么搞的！”

倪蔚佳啪的一声关了门。

她懒得回嘴，她才真不知道爸爸是怎么搞的，整天就像个女人一样唠唠叨叨。看他心情不好的样子，八成是在牌桌上又输了。倪蔚佳伤心的是自己无论怎么做也不会令爸爸满意，这十七年来爸爸就从来没有满意过她。还记得小学毕业那年拿了全区歌唱比赛的第一名，倪蔚佳和妈妈捧着奖杯兴冲冲地回家，蔚佳把奖杯递到爸爸跟前，满以为他会夸自己两句，谁知道爸爸只冷冷地说了一句话：“能当饭吃？”

倪蔚佳当场就哭了出来。

那晚爸爸和妈妈吵了差不多有一整夜，倪蔚佳也哭了差不多有一整夜。听不懂他们都在吵些什么，但就是从那时起她开始怀疑自己不是爸爸的亲生女儿，不然他怎么老看自己不顺眼呢？

蔚佳初二的那一年，爸爸和妈妈一起下岗了。家里一片愁云惨雾。爸爸的脾气更坏了，天天喝酒，喝完了酒不是骂你骂我就是蒙头大睡。妈妈爸爸没有一天不吵架，倪蔚佳懒得听，常常在学校逗留到不得不回家了才会回家。有一段时间还和一些小混混在一起玩，成为班上最让人头疼的问题女生。

初二的时候班上举行“一帮一”活动，老师派苏眉来帮她。倪蔚佳以前和苏眉并不熟，一开始对她不理不睬，但几天下来就喜欢上了苏眉的性格，也知道苏眉的爸爸妈妈离了婚，妈妈在商场里做老总，也总是没有时间陪她。没过多久二人就惺惺相惜，好到每天中午吃一个饭盒里的饭，总有说不完的心事。要不是苏眉，倪蔚佳想，自己也许早就变坏了，也肯定考不上高中。

后来，还是远在深圳的舅舅拿出十万块钱来给妈妈承包了一家饭馆，家里才太平了很多。但从那以后妈妈就早出晚归，跟苏眉妈妈一样，没空陪女儿了，什么事都是蔚佳自己来。好在妈妈聪明又能干，饭店的生意越做越红火，家里的日子也越过越好。爸爸这才没有了那么多的牢骚，心情好的时候还主动到饭店帮帮忙，当然更多的时候是整天在外面打牌，不理家事。

当然也没人管着她，她乐得清闲。

倪蔚佳坐到自己的书桌前，却看不进去书。

周一会有物理测验，没搞清楚的地方还多着呢，想想就头疼。

在班上，倪蔚佳成绩平平。她总认为，念书是要天分的，比如曾伟只需要半个脑子就可以念赢别人。而自己就没什么天分，再多长一个脑子也永远拿不到第一名。每当她这么说，苏眉和叶莎就嘲笑她为自己的懒找借口。倪蔚佳也不和她们争，只是说：“懒就

懒呗，反正我看我这辈子就这样了，以后你们有出息了别忘了我这糟糠之友就行，要饭要到你们门口可不要给我白眼看啊！”

“胡说。”苏眉说，“你要是成了红歌星，唱一场就一百来万，该我们要饭要到你家门口才对！”

红歌星？

倪蔚佳不是没想过。这是一个多么令人怦然心动的理想啊。其实她也希望有一天有很多很多的人愿意来听她唱歌，有千百歌迷在自己面前挥舞着手喊自己的名字。只是这个理想太缥缈了，缥缈到一想起它来就觉得是一种罪过。这个世界上唱歌唱得好的人太多太多，而能成为星的，毕竟只是少数的人而已。

重要的是机遇。

有一次倪蔚佳差点以为自己抓住了它。

那次是参加电视台的一次歌唱比赛，进入决赛的可以到北京去接着比，如果再得奖，就可以和唱片公司签约。在苏眉和叶莎的怂恿下倪蔚佳也报了名，演唱的是台湾歌手萧亚轩的一首《蔷薇》。这是一首难度很高、百转千回的流行歌曲，但倪蔚佳处理得浑然天成，高潮部分更是唱得无懈可击，令人动容。

初赛的时候她无可争议地拿了第一名，当时下来就有评委问她学唱歌学了多久，倪蔚佳摇摇头说从来没有学过。评委惊叹说：“了不起，这就是天赋，好好培养一下，前途无可限量啊！”

听了这话，倪蔚佳兴奋得差点一夜没睡着。妈妈也很高兴，还特地找人给她做了决赛时的服装。但最后公布的决赛名单里却没有她的名字，组委会的理由很简单，中学生唱爱情歌曲，怕观众会反感。

苏眉妈妈的商场是本次活动的赞助单位，她告诉苏眉说其实不是那么一回事，最关键的还是倪蔚佳没有任何的社会关系，实力又太强，才会被淘汰的。如果唱个三四名，不对他人构成威胁，没准还能继续唱下去。

原来，太出色也未必是一件好事。

从此后倪蔚佳拒绝参加社会上各种各样的比赛，唱歌完完全全变成自我的乐趣，有时想想，其实也真像爸爸说的：“还能当饭吃？”

对于未来，倪蔚佳消极得很，考上大学又怎么样呢？妈妈的饭店里还有打工的大学生呢，难道天天对着书没日没夜地学，就一定会有好的前程？

没意思，真是没意思透了。

倪蔚佳把书盖在脸上，不知不觉地睡着了。

第二天清晨被闹钟吵醒，倪蔚佳揉揉眼，发现天下雨了。冬雨绵绵地打在窗玻璃上，看不清外面的景致。只是有红色的雨衣忽地闪过，才添了一点点活泼的色彩。

倪蔚佳最受不了这样的天气。冬天，冷就算了，最要命的就是下雨，不烦的人也会跟着天气烦燥起来。

妈妈昨晚一定又回来得很晚，他们的房间里静悄悄的，每天早上都是这样，不会有人给她做早餐。倪蔚佳蹑手蹑脚地梳理完毕，发现妈妈又买了各式的点心放在餐桌上，想了想，还是放到书包里带去给苏眉吧，这个小懒鬼常常都来不及吃早饭。倪蔚佳还是喜欢到巷口的小面铺吃碗面条。老板娘已经跟她很熟了，知道要多放点辣椒和葱花。

“要考试了不？”

下雨，面铺的生意不是太好，老板娘就和倪蔚佳搭搭话。

“天天考，”倪蔚佳说，“麻木了。”

“学生就是考大的嘛，”老板娘倒是一套一套的，“等到有一天你可以自己挣钱了，就不会有人考你了。”

“那可不一定，”倪佳蔚说，“我同学妈妈商场里四十多岁的营业员还要考上岗证！”

“唉，如今人活着真不容易。”老板娘叹气说。

倪蔚佳完全同意她的看法，朝着老板娘笑得像一朵花。

快到学校门口的时候看到曾伟，他家离学校近，不用骑车，每天走着上学。

曾伟没有打伞。雨虽不算太大，但他一身已被淋得尽湿。

“喂！”倪蔚佳喊过去说，“怎么不打伞？想感冒逃学是不是啊？”

“这么大点雨打什么伞？”曾伟说，“走两步就到了。”

“现在是英雄，病了就是狗熊了。”倪蔚佳不知不觉地跳下车，和曾伟一起步行起来。

曾伟笑起来说：“你说话怎么和我妈一样。”

“错！”倪蔚佳说，“我不打伞我妈就这么说我，所以应该说，是我妈说话和你妈说话一模一样才对！”

“一大清早，绕口令啊，头都被你绕昏了。”曾伟抱怨说。雨把他的脸淋得很湿，头发紧紧地贴在额头上，他看上去就像个顽皮的小学生。倪蔚佳忽然想起小学的时候傻乎乎的曾伟，扑哧一下笑出声来。

“笑什么？”曾伟问。

“没什么，”倪蔚佳说，“今天考物理让我抄抄？”

“那可不行。”曾伟说，“再说，抄有什么意思啊？不懂的还是不懂，这不是明摆着骗自己吗？”

“怎么你说话像我妈？”倪蔚佳气呼呼地说。

“这只证明一点，我和你妈妈一样地成熟。”

“呸！”倪蔚佳嘴上呸他，心里却欣赏他的机智。

说着说着就到了校门口，学校的车棚已被挤得很紧，倪蔚佳推着车来来回回地找可以放车的地方。曾伟本已走远了，回头看到她为难又折了回来，替她把两边的车挪一挪，说：“放在这里吧，不快点要迟到了。”

“哎哎哎。”倪蔚佳感激地把车直往里推。

两个高三的男生也在放车，见了这场景，奚落曾伟说：“小子挺会献殷勤呵！”

倪蔚佳一听这话都有点不好意思了，曾伟却很镇定说：“这叫助人为乐，你们的老师和父母没有教过？”

GIANT

“臭小子你敢训我？”其中一男生话音还未落，一记拳头已重重地落到了曾伟的身上，这一拳打得迅猛而有力，曾伟往后一退，差点没站得住。

倪蔚佳尖叫起来：“你们要做什么？”

“不做什么！”另一男生流里流气地说，“小妞你站远点，看看大爷今天怎么收拾小白脸！”

一边说又一边狠狠地推了曾伟一把，曾伟被推得哗的一声坐到地上，地上积的雨水被溅得老高。

做完了这一切，两个男生撒腿便跑。倪蔚佳顾不上扶起雨地里的曾伟，推出还未锁好的自行车一路追着那两男生而去，嘴里大声地叫着：“站住！不许跑！有种的你就给我站住！”

此时正是学生进校的高峰期，大家都惊异地看着一女生在校园里骑着车高声叫着追两个正拼命跑的男生。

两条腿到底比不过两只轮子，倪蔚佳很快追上他们，车子来个漂亮的刹车横在两个男生面前，挡住了他们的去路。四周响起叫好的呼声和掌声。

“往哪里跑？”倪蔚佳说，“不是很凶吗？怕什么呢？”

“你就不怕老子揍你？”一男生扬起拳头做恐吓状。

“我倪蔚佳不是吓大的！”反正周围的人正呼啦啦围上来，倪蔚佳才不怕，“不道歉，你们今天休想过关！”

“道歉两个字怎么写？”两男生气焰下去不少，但还是很嚣张。

“不会写，我可以教你们写！”倪蔚佳也不饶人。四周的人哈哈大笑起来，情不自禁地为她喝彩。

就在此时，倪蔚佳的班主任老黑从人群里挤了进来。后面跟着满身是泥的曾伟。

曾伟指指两个男生说：“就是他们。”

“哪个班的？”老黑黑着脸，闷声闷气地问他们。

男生不理，各自斜着眼。

“问你们哪个班的？”这一回老黑放大了嗓门。大家都吓好大一跳。

“高三(1)班。”到底还是沉不住气，招了。

“好！”老黑手一挥说，“都给我上课去！谁再看热闹我K谁！”

人群立即散去。老黑身边只剩下曾伟和倪蔚佳。倪蔚佳看着曾伟的脏衣服、脏书包不好意思地说：“今天这事都是为了我，不好意思啊！”

“老同学了还客气啥。”曾伟绅士得要命。

老黑看了看曾伟，说道：“你家近，快回去换套衣服，允许你不上早读课。书包给我，我替你带到教室。动作要快！”

“是！”曾伟领命而去。

然后老黑看着倪蔚佳说：“你倒真是英勇啊！”

倪蔚佳拿不准他是在批评自己还是表扬自己，只好埋头嘿嘿一笑，保持沉默。

“替曾伟把书包带到教室！”老黑把一个黑乎乎的大书包往倪蔚佳面前一递。倪蔚佳吃了一惊，心想：你不是答应曾伟你拿的吗？真是说话不算数。但她不敢和老黑理论，只好乖乖地接过书包，一路小跑地进了教室。

校园的消息传得快，很快早上的事全班都知道了。苏眉担心地对倪蔚佳说：“高三有几个有名的小痞子，我看你还是少惹为妙。”

“邪恶焉能压倒正义？”倪蔚佳还沉醉在早上的喜悦里。

“最近上学放学别独来独往。”叶莎说，“害人之心不可有，防人之心不可无。”

“我什么都不怕。”倪蔚佳苦着脸说，“我只怕呆会儿的物理考试，拿不了好分数，我妈又要减我的零花钱。”

倪蔚佳怕对了。试卷发下来她就傻了眼。会做的题目只用了半个小时就做完了，剩下的时间，就是坐在那里咬笔杆子。偶尔看看曾伟的后脑勺，他一直在奋笔疾书，看来是做得非常顺利。

快交卷的时候，曾伟回过头来看了一下，倪蔚佳回他一个无可奈何的表情。

中午是在食堂打饭，食堂里的菜当然好不了，好在叶莎妈妈做了很好吃的糖醋排骨，三个女生凑在一起吃得直咂嘴。苏眉说：“我妈要是哪天有这手艺，我睡着了都要笑醒！”倪蔚佳则说：“我妈要是哪天有时间给我做吃的，我笑醒了还继续睡！”

于是又一起笑得差点喷饭。

刚刚吃完饭不久，曾伟就进了教室。他中午不在学校吃饭，平时很少来得这么早。倪蔚佳奇怪地看着他。

曾伟大方地问她说：“倪蔚佳，你中午打不打乒乓球？”

“不打。”倪蔚佳说，“你没看见苏眉和叶莎都在看书？我一个人玩没劲。”

“努力是好事嘛。”曾伟说，“要不我把早上考试的那几道题给你说一下，我看你试卷上都是空白的。”

倪蔚佳的脸微红起来，没想到那狼狈的试卷竟被曾伟看了个清楚。

“我的表达能力还可以，想你可以听明白。”曾伟说。

“哦，哦哦。”倪蔚佳这才回过神来，曾伟来这么早原来是为了替自己补习的。她赶紧摊开纸笔，说：“让高材生替我讲题，求之不得。真正是受宠若惊！”

“也让你小狗掉到茅坑一回么！”曾伟的记性倒是好。倪蔚佳又高兴又生气，一时不知道该说什么才好，笔都差点拿倒了。

不过曾伟讲解起题目来还真是有条有理，倪蔚佳也是聪明的人，有些总也弄不明白的东西很快就弄了个明白。再做一次给曾伟看，曾伟恍然大悟地对倪蔚佳说：“其实你也不笨啊。”

“谁说我笨的？”倪蔚佳说。

曾伟挠挠头说：“按你的智商就算不用功，成绩也至少应该在班上排到前十名。”

“那又怎么样呢？”倪蔚佳被夸得不好意思，只好装做满不在乎，大大咧咧地说，“我不在乎这个。”

“呵呵，不懂的再问。”曾伟笑笑，看他自己的书去了。

倪蔚佳回过头看看两个好友，苏眉正朝她挤眼睛，叶莎也抬起头来，冲着她诡秘地一笑。倪蔚佳知道她们在想什么，不过她也不在乎。看着窗外的雨打在校园青青的梧桐树上，又一滴一滴晶莹地落下来，倪蔚佳的心情就这样忽地一下好起来，物理书拿在手里，也有了一点点的人情味。

放学回家的路上，苏眉取笑她说：“这下该对物理有感觉了吧？”

倪蔚佳心里甜着，嘴上却批评她说：“真是狭隘！就你心思歪！”

“我说什么了？”苏眉装傻说，“是你想歪了吧？”

倪蔚佳气得直拿龙头撞苏眉的车。一旁的叶莎吓得直挥手说：“好啦好啦，想出车祸是不是？”

“你就护着她！”倪蔚佳继续撞，“她胡说八道，你怎么不主持公道？”

“我主持，我主持！”叶莎说，“我宣布是苏眉不对，好了吧？”

“那还差不多。”倪蔚佳总算住了手。

“有点车技卖弄个没完没了！”苏眉气得跳下车来说，“现在又不是你美人救英雄的时候，省点劲嘛！”

“别说她啦。”叶莎打圆场说，“要是再说，我们倪小姐的

脸挂不住啦！”

“随你们怎么说。”倪蔚佳反倒大度起来，她发现自己心情真的非常好，看黄昏被雨水洗过的天空也觉得分外美丽和多情，真是想开口唱歌啊，但是不敢，不管唱什么样的歌，只怕都会被她们笑个够。

回到家里，倪蔚佳忍不住翻出以前的毕业纪念册来看。小学时候的倪蔚佳下巴尖尖的，眼睛特大，表情很老练，一看就不是个好惹的小姑娘。曾伟剃着个平头，很老实地站在前排，露出照相时男生特有的紧张呆板的表情。倪蔚佳轻笑起来，手指头在曾伟的头像上轻轻划过，又害羞地缩了回来。

再翻开初中的那一本花里胡哨的留言簿，这才发现原来曾伟也有留言给自己，很简单：“等你当了大歌星，我一定会买你的磁带。祝你前程似锦。”旁边还有他家的联系电话和地址。

倪蔚佳看着曾伟漂亮的字，那个电话号码她从来没有打过。曾经给不少的男生打过电话，但曾伟的就是从来没打过。也不知道是从哪里来的勇气，倪蔚佳扔掉留言簿，跑到电话面前，拨通了那一个陌生的号码。

接电话的是一个陌生的声音。倪蔚佳差点落荒而逃地挂了电话，但想了想，还是说道：“请问……曾伟在吗？”

“我就是啊！”电话那头的声音说。倪蔚佳这才发现真的是曾伟，只是在电话里，他的声音好像和平时不太一样了。倪蔚佳笑出来说：“还真没听出来。”

“倪蔚佳吧？”曾伟倒是听出来了，“我知道是你。”

“嗯。”倪蔚佳发现自己把听筒握得紧紧的，“没什么，就是谢谢你今天给我讲题，我现在都弄清楚了。”

“不用谢。”曾伟还是那句话，“老同学了，客气什么呢？”

“那……是啊。”倪蔚佳就不知道该说什么好了，突然后悔自己打了这个电话，好端端的偏把自己推到尴尬的境地里去。

“你爸爸妈妈还没回来吧？”还是曾伟主动找了个话题。

“是的。”倪蔚佳脱口而出，“我刚才没事在看以前的留言簿，觉得很有意思，以前的同学好多都不知道怎么样了。”

“就是。”曾伟说，“只有我们还在一个班。”

“那我们也算是有缘喽。”话一出口倪蔚佳更是要命地后悔，都怪自己平时和苏眉她们开玩笑开惯了，说话总是不经大脑。

“那当然。”好在曾伟并不扭捏，“要是上大学我们还是同学，那可就是奇迹了。”

“怎么可能？”倪蔚佳有点生气了，“你在取笑我。”

“此话怎讲？”曾伟不明白了。

“你成绩那么好是要考北大清华的，那些地方我就是再念个三年书也甭想考进去！你这么说不是取笑我是什么？”

“女生就是不讲道理。”曾伟感慨说。

“你才不讲道理！”倪蔚佳娇情起来。

“说真的，”曾伟说，“你够聪明，好好学一定能考个好大学！”

“又和我妈说一样的话，”倪蔚佳说，“我挂了挂了，没劲。”

“等一等，”曾伟说，“最近我们家隔壁在装修房子，吵死人了，以后我中午都会到教室里看书，你要是有什么不懂的，可以主动问我。”

“不打扰你学习？”倪蔚佳开心得嘴角都翘了起来。

“不打扰啊，跟你讲一遍我自己也是复习嘛。”

“你就不怕……人家说闲话？”

“不怕。”曾伟磊落地说，“怕什么？”

“嘿嘿，那我先谢谢了。等我成绩好上去了，请你到我妈饭店大吃一顿，她肯定会上最好的菜招待你！”

“那倒不用啦。”曾伟说，“你要愿意，多唱两首歌给我听听。”

“你真的喜欢听我唱歌？”

“那当然，不撒谎，”曾伟说，“从你站在台上唱那首‘小茉莉’什么的起，我就是你的歌迷了！哈哈……”

“夕阳照着我的小茉莉，晚风吹着她的发她的发，我和她在海边奔跑，她说她要寻找小贝壳……”倪蔚佳情不自禁地得意地唱起来，说，“是这首吗？我都快忘了。”

“是是是。”曾伟说，“那时的你整天穿个小蓝裙子，凶巴巴的。”

“呵呵，”倪蔚佳说，“你记得我踢过你不？”

“怎么不记得？”曾伟说，“到现在一下雨我的腿还疼呢！”

“夸张。”倪蔚佳哈哈大笑，心满意足地挂了电话，高兴得一下子倒在地板上。她忽然想到要好好谢谢早上那两个捣乱的男生。要不是他们，倪蔚佳想，和曾伟的距离不可能一下子拉得这么近。

再放上莫文蔚，听她喊唱着：“爱情真伟大，没有办法，你没有存款，也可以刷卡。爱情真伟大，不要装傻……”

其实是不是爱情都没有关系，倪蔚佳想，最关键的是，它可以让人心情如此地舒畅。

碧绿的湖水明亮的蓝天

比不上妹妹纯洁

金色芳香的桂花

也比不上你的美丽

聪明的姑娘森吉德玛

我时刻想念着你呀嗬

如意离开的那个春天

叶莎的家在江城的西侧。

这里是还未被开发的老城区，建筑几乎都保留着明清时的特色。不过在叶莎看来，却是江城最美的地方。青石板的小路和小巷一起弯弯曲曲地延伸着，脚踩在上面，有一种令人痛快的微疼。有一些院落木门是暗红的，门上有锈渍斑斑的铁环，让人疑心轻轻一叩，便会从里面走出穿着对襟花袄的女子来。

慢慢地，这里也成了江城的旅游景点之一。不时地有三三两两的游客背着大包小包四处张望，啧啧赞叹着从家门口走过。

叶莎的妈妈总是叹气说："再这样下去，这里是不会被拆迁了，我们永远也别想住上新房子。"

叶莎安慰妈妈说："以后我工作了，买套大房子给你们住。不过啊，我还是住这里，因为我喜欢这里！"

"嘴甜！"妈妈笑着说。

叶莎的妈妈文化不高，在一家不太景气的服装厂里做工人，工资不高不说，常常还要加晚班，很累。她不像苏眉的妈妈和倪蔚佳的妈妈那样干练有本事，但是她一点也不凶，又做得一手好菜，说起话来温温柔柔的，高兴了，还会在家里和女儿一起翩翩起舞。她是个很有亲和力的母亲。

叶莎是孝顺的女儿，知道心疼妈妈，所以一直是妈妈的乖女儿，常常是妈妈怎么说就怎么做，很少违背妈妈的意愿。

自从有老师说叶莎是块跳舞的料子后，妈妈就送叶莎到青少年宫学舞蹈。刮再猛的风，下再大的雨，妈妈就是背着她也要送她去，从不让她间断。青少年宫不让家长进门，妈妈就穿着雨衣在大雨里等她两个小时。叶莎觉得妈妈不容易，练绷腿时再苦再痛也不吭一声。老师最喜欢的也是她，说她不仅有跳舞的潜质，也最有学舞的样子。

叶莎很感谢妈妈，在家里经济状况一般的情况下还一直让她学舞蹈。叶莎也真的很喜欢跳舞，每一次的转身、舒展、翻腾、跳跃，都让她有在空中高高飞翔的喜悦。并不是每一个人都可以领略这种美好的，叶莎可以感觉每一次舞蹈对自己来说也是一次无与伦比的心灵上的享受，她非常地珍视和迷恋这种享受，这也是她为什么学业再紧也不放弃练舞的最主要的原因。

快要十七岁的叶莎早已出落成一个楚楚动人的大姑娘。

大家都说：叶莎是美女。

但是对于美丽叶莎并不沾沾自喜，她觉得女孩子除了美丽之外还要有内涵，比如苏眉。大大方方也很重要，比如倪蔚佳。叶莎很幸运有这两个女生做自己的好友，她是到了高中才和她们成为好朋友的。十六岁那年叶莎作为特长生被招进了江中，江中是江城最重点也最有实力的中学，进了江中就等于进了大学的校

门。在那年秋天的校艺术节上，叶莎的独舞《鼓女》几乎震动了全校所有的师生，大家都记住了叶莎这个名字。那阵子，她几乎天天能收到男生们寄过来的情书，上面写满了各种各样称赞和仰慕的字眼。不过叶莎都不在意，她最记得的倒是苏眉对她说：“在这之前，我真不知道一个女孩舞蹈起来竟可以这么美！”

女孩赞美女孩，听起来更让人觉得真实。更何况在初中的时候，班上几乎没有女孩喜欢叶莎，她总是独来独往，心事无人知晓，也不想让人知晓。

是苏眉让她第一次懂得友谊的美好。

那是一个很平常的清晨，她收到了苏眉送她的礼物——一幅画。画上就是叶莎起舞的样子，红色的纱巾在叶莎的身后轻轻飞舞。苏眉说：“看了你的舞蹈，忍不住画了这张画。喜欢吗？不过说真的，你不跳舞的时候表情总是有点冷淡，没有跳舞的时候好看呢。”

叶莎看看苏眉笑了，她真的非常喜欢，就这样和苏眉成为好友。后来通过苏眉又熟悉了倪蔚佳。倪蔚佳有一副天生的好嗓子，叶莎很喜欢听她唱歌，也喜欢她天不怕地不怕的性格。天天跟她在一起，叶莎觉得自己也开朗了不少。

相对于别的女生，叶莎是太文静了一些，不过妈妈说：女孩还是文静一点好，没有那么多的麻烦事。在这个古老的小区里，叶莎是妈妈和爸爸的骄傲，大家看到爸爸妈妈都说：“你们家莎莎将来肯定会有出息，你们就等着享她的福吧！”

“我们哪要享她的福啊？”叶莎爸爸说，“只要她将来过得比我们好，我们就满足喽。”叶莎爸爸在老区的一所小学做教导主任。学校不大，学生不多，校舍也很简朴。但在这一带爸爸教书出了名，常常有人把孩子送到家里来让他辅导。爸爸对那些孩子很和气，也很有耐心，一道题可以来来回回讲十次也不嫌烦。

没事的时候，爸爸就坐在家里看看书或者和女儿聊聊天，很少出去玩。他不像倪蔚佳的爸爸整天在外赌钱，更不像苏眉的爸爸，一走就杳无音信。虽然家里的条件不如两个好友，但是叶莎觉得自己是她们中间最幸福的一个。

不过，在这片老区里，最有名的不是叶莎，也不是叶莎的爸爸，而是叶莎的邻居——大名鼎鼎的作家朱尔。

朱尔家比叶莎家大多了，是两层的小楼，院子里长满了各式的草和不知名的小花。尽管从不打理，也不见破败。在叶莎的记忆里，朱尔总是很孤独地守着那幢老屋。听说他家里的人都出国了，不知道为什么朱尔没有跟着出去。他一个人过着乱七八糟的日子，扣子掉了，就拿过来让叶莎妈妈钉。妈妈做了好吃的，也会吩咐叶莎送过去。妈妈对叶莎说：“我们最困难的时候，朱尔的妈妈可没少帮我们，人不能忘恩负义。”

朱尔比叶莎差不多大十八岁，叶莎叫他朱叔叔。叶莎小时候朱尔常常买气球给她玩，一买礼物就是气球，不会换花样。爸爸和朱尔下象棋，叶莎就在一旁替朱尔加油，因为朱尔赢了，叶莎又可以有气球玩了。玩腻了，就当足球踢，谁抢到就放到脚底下

踩，踩得砰砰砰的，很开心也很过瘾。

叶莎是大了点才知道朱尔的爱好不是下棋，而是写小说和散文。一开始朱尔只是在报刊上发一些文章，直到二十八岁的时候才出了他的第一本书。那一年叶莎十岁吧，还不懂什么叫小说和散文。只记得朱尔把书拿过来送给爸爸，爸爸很开心地说："你终于等到这一天了，我们来好好庆贺一下！"

妈妈做了很多好吃的，一边吃一边对朱尔说："你也该找个老婆了，成家立业，有个人照顾你也好啊！"

"是啊！"叶莎也在边上插嘴说，"朱叔叔你找了老婆，就不用老是麻烦我妈妈给你钉扣子啦！"

朱尔哈哈大笑，摸摸她的头发说："叔叔娶了一枝钢笔，别的女孩不会再嫁给我了。"

朱尔走后叶莎就问爸爸娶了一枝钢笔是什么意思，爸爸说："这就是比喻，他把笔比喻成他的老婆，说明笔对他的重要性！"

叶莎似懂非懂地点点头。

后来朱尔书越出越多，人也越来越有名气，还有一本书被拍成了电视剧，在全国都有很高的收视率。因为朱尔，江城在全国的名气似乎都大了许多。电视台来为他做专访，还特别采访了爸爸，让一个老邻居谈谈对他的印象。爸爸发挥得很好，在镜头前不慌不忙，妙语连珠。一家三口坐在沙发上看节目播出的时候朱尔也进来了，他对爸爸竖起大拇指。

这回他换了新的礼物，给叶莎带来一个新书包。

叶莎念中学了，每天要走很远的路去上学，朱尔对爸爸说：“让她学骑车吧，你们早上没空，我带着她去上学，反正我不坐班，时间机动。”

“怎么可以麻烦你？”爸爸说，“你现在每分每秒都在为人民群众创造精神财富啊！”

“我表现好一点可以多蹭几次饭吃吃嘛。”朱尔说，“我算计得好着呢，送莎莎，也可算是晨练，天天坐在书桌前，骨头老得快！”

叶莎在院子里学骑车的时候，朱尔也没少帮忙，跟在后面还跑坏了一双拖鞋。等到叶莎可以上路的时候，他真的说到做到了，天天陪叶莎骑车上学放学，尽心尽力地护着她。一路上朱尔还给叶莎讲故事，他讲起故事来可真要了命地好听，常常是到了校门口就讲到最精彩处，然后冲着叶莎一摆手说：“放学时接着讲！”馋得叶莎上课时也老想着他的故事。

不过好景不长，等到叶莎终于可以独自上路不久，朱尔宣布他要结婚了。

结婚后朱尔就把家搬到了闹市区。叶莎和爸爸妈妈一起参加了他的婚礼，还去闹了洞房。那房子有一百多平方米，装潢得极为雅致。有一个很大很宽的露台，大到可以在上面跳舞。新娘子也很漂亮，有一个很好听的名字叫如意。听说她是朱尔的忠实读者，比朱尔小六岁，他们是一见钟情，从认识到结婚不过短短的三个月。

叶莎永远都记得第一次看到如意，她穿着白色的婚纱对着叶莎甜甜地笑，叶莎叫她阿姨，她调皮地一笑说："叫如意姐姐！"

"可是我都叫他朱叔叔啊！"叶莎指指朱尔说。

"那也得叫我姐姐，叫阿姨多老啊，我还不想那么快老呢！"如意伸出手来摸摸叶莎的长发，说，"你真漂亮，我从来没见过像你这么漂亮的小姑娘。"

"你才漂亮。"叶莎由衷地说，"我没见过像你这么漂亮的新娘子。"

朱尔听见了，讽刺她们说："女人互相吹捧起来真是要了命！"

如意拿起梳妆台上的梳子朝着他打过去，嘴里喊着："不许叫得那么难听，什么女人啊，我才不想那么快老呢！女生，叫女生。"

"好好好，叫女生。"朱尔好脾气地说，"女生老婆莫气，生气老得快不说，还容易伤身体！"

如意就真的不气了，趴在朱尔的肩头，给他一个吻。

叶莎羞得掉过头去。

回到家里妈妈就说朱尔妈妈这下该放心了，朱尔这是守得云开见月明，虽然三十岁才结婚，但是娶了一个这么好的老婆，花再多的钱也值得。她又叹气说："像朱尔那样的房子，我们怕是一辈子也住不上喽。"

叶莎倒不觉得那房子有多好，其实她内心认为朱尔家那幢小

AIMEZ-VOUS
BRAHMS...

楼才叫好，好好收拾一下，两个人住应该是很幸福的才对，市区里那么吵，朱尔还能静下心来写东西吗？不过叶莎同意妈妈的另一个看法，那就是如意是个好姑娘。叶莎真喜欢听如意说话的声音，一个字一个字像唱歌一样清脆地吐出；还喜欢看她笑，笑起来，贝齿闪闪，很聪慧也很甜美。

朱尔结了婚就很少回他的老屋了，春天草疯长的时候，叶莎上学放学经过那里，会不经意地看它一眼。门紧锁着，不知道里面会是什么样子了。和爸爸一起去逛新华书店，偶尔会看到朱尔出的新书，爸爸就会在嘴里咕哝说："这个臭小子，现在出了书也不给我寄一本喽，当年他写不下去想下海的时候，还是我鼓励他的呢！"

叶莎也在慢慢地长大，开始慢慢地看得懂朱尔的书，觉得他真的是很有才。有一次还在中央电视台的节目中看到他被采访，穿着西装，打了领带，侃侃而谈，胡子也刮得很干净，真有点不像他。想想他穿着汗衫子在自己家里蹲着呼哧呼哧喝稀粥的样子，叶莎觉得像做梦一样。一个这么有名的青年作家，曾经是自己的邻居，还曾骑着车天天陪她上学放学，给她讲故事，真有些不可思议。

不过每一年的春节，朱尔都会带着如意回来看看老屋和老邻居，每一次还不忘给叶莎带礼物。叶莎很喜欢朱尔送的一个发夹，有阵子天天戴着，听说还是如意亲手挑的，如意对叶莎说："你头发这么好，不是好的发夹可配不上它！"

叶莎说："谢谢如意姐姐。"

爸爸责骂她说："瞎叫！乱了辈分！"

"可别骂莎莎，"如意搂着叶莎说，"是我主动要求她这么叫的。"

"我这老婆，"朱尔摇着头说，"什么都不怕，就是怕老。"

"当然！"如意说，"人生这么美好，我可不能来不及享受就老了！那多亏啊！"

朱尔陪爸爸聊天，叶莎就陪如意到朱尔的老屋里做大扫除。如意有修长的手指，婀娜的身材，看她干活也是种享受。她一边擦着玻璃一边唱着一首叶莎从来没有听过的歌：

碧绿的湖水明亮的蓝天

比不上妹妹纯洁

啊嗬咿……

金色芳香的桂花

也比不上你的美丽

啊嗬咿……

聪明的姑娘森吉德玛

我时刻想念着你呀嗬

……

"真好听。"叶莎说。

"听得出来这是一首忧伤的歌吗？"如意问叶莎。

叶莎摇摇头说："我觉得这歌挺浪漫、挺抒情的啊！"

如意说："一个叫森吉德玛的姑娘被她的爹娘嫁到远方，永远地离开了她的恋人，这首歌就是她的恋人怀念她时唱的。朱尔最喜欢这首歌，我们谈恋爱的时候，他就老给我唱来着。"

"哦。"叶莎说，"还真听不出来。"

如意又说："世上最痛苦的事莫过于和自己的恋人分开，再也不能相见。"她一面说一面收拾，在抽屉里翻到一两张朱尔小时候的照片，看了呵呵地直笑，嗔怪地说："从小就这么傻！"

叶莎纠正说："朱叔叔其实不傻啊，他挺聪明的！"

如意弹她的脑门一下，说："傻丫头，等你恋爱的时候，你就会说言不由衷的话啦。"

叶莎靠在门边上说："如意姐姐，我觉得你挺幸福的。"

"是啊！"如意说，"永远这么幸福就好啦。永远也不要老，也不要有皱纹，那才叫好哩。"说完了又是笑，像个小孩子。

每次他们走，朱尔都轻轻地牵着如意的手。因为如果要打车，得一直走过两条小巷才行。叶莎就这样看着他们的背影，脸红红地想着有一天会不会也有喜欢自己、自己也喜欢的男孩子这样轻轻地牵着自己的手，感觉应该很好才对。

叶莎考进江中那年的春节，朱尔没有回来。

直到有一天，爸爸接了一个电话，然后脸色沉重地告诉叶莎和妈妈：如意住院了，是很重的病，怕是好不了了。

叶莎和妈妈一起提着鸡汤到医院里去看如意，她穿着白色的病号服，那衣服好大，套在她身上晃悠晃悠的。

如意看着窗外，她那天突然变得很多话，轻声轻语地对叶莎说："春节一过，就是春天了，我最喜欢春天，朱尔说过春天会带我出去看花。叶莎你也去吧，油菜花开起来，一片一片的黄，你要是跳个舞就更好啦。朱尔说你跳舞跳得好，可是到现在我还没有看你跳过舞呢！"

"等春天吧，"叶莎拼命止住眼泪（因为妈妈告诫她无论如何也不许哭），"春天来了你出院了，我跳一支《春之舞》给你看，我这个舞在省里都拿过大奖的呢。"

"好啊，"如意说，"我们拉钩。"

叶莎伸出小手指头，那一瞬间，她看见朱尔把头别向了窗外。

春天还没有来，如意就永远地走了。叶莎真没有想到，一个鲜活的生命，竟然消失得这么快。如意走后，朱尔就卖掉了市区的房子，搬回了老屋。那一天叶莎和妈妈陪朱尔在那大房子里收拾和打点，叶莎在衣橱里看到如意的那件雪白的婚纱，它孤零零地挂在那里。她想起第一次见如意时如意就穿着它，甜甜地对自己笑着说："别叫我阿姨啊，叫我姐姐，我怕老的！"

那么怕老的如意就这样匆匆地走掉了。叶莎第一次领略到生命的脆弱和无情。她看着朱尔，朱尔在点一根烟，点燃了放在嘴里猛吸。他已经点了无数根烟了，吸起烟来，像是和烟有仇。

叶莎说："朱叔叔别难过了，如意姐姐看到你这样也不会好受的。"

朱尔抬起头来说："能看到吗？"

叶莎肯定地说："能！"其实她想也许也不能，人死了不知道会去什么地方，但他知道朱尔现在想听到她说"能"。

于是她再点头，说："真的能。"一边说一边取下了他手里的烟。

朱尔没有反对。

叶莎又说："你要是想哭，你就大哭一场吧，我想哭出来你会好受些。"

朱尔看着叶莎，眼神里有了一点点的宽慰，他说："这么快莎莎也长大了，生命真是如流水啊，来去皆不由自己。"

他一深沉叶莎就不知道说什么好了，和作家说话可不能那么随便的。

叶莎妈妈拿着一大堆如意的东西问朱尔说："真的就不要啦？"

"不要了，"朱尔说，"她的东西跟着她去好了，都是她喜欢的。只是那件婚纱，您要是不忌讳，留着给莎莎将来穿吧。如意很喜欢莎莎，不会反对的。"

朱尔回到老屋的时候，只带了一台电脑和一张如意的照片，新家里的东西该烧的烧，该卖的都卖了。他每天没日没夜地趴在电脑面前写啊写，饿了就叫一份快餐或者吃包方便面。妈妈回家

直叹气说："这个朱尔，我看他是不要命了喽。"

叶莎也很感慨。一天中午有空，叶莎跟苏眉她们说起朱尔的故事，苏眉惊叫起来说："啊！原来朱尔是你的邻居，我喜欢看他的书，你怎么不早说？"

"就是！"倪蔚佳说，"这事值得好好炫耀炫耀！"

"其实他自己的故事也可以写成一本小说了。"苏眉关心地说，"那他现在还沉浸在失去如意的痛苦里吗？"

"过去快一年了，我想好多了吧。"叶莎说，"有时也见他笑笑。"

"唉！"倪蔚佳叹气说，"好不容易遇到一个自己喜欢的人却不能和她长相厮守，这就叫天嫉英才！"

"是是是！"苏眉也叹气说，"天嫉英才！"

叶莎想起如意说过的那句话："人生最大的痛苦就是和自己相爱的人永远也不能再相见。"

这回她懂了，心里滚过一阵忧伤。

第二天苏眉就拿了朱尔写的书来让叶莎替他去讨个签名。那是朱尔早期的一本散文集，名字叫做《流水样的青春》。

"一定要请他签字啊。"苏眉说，"这书我来来回回读好多次了，你看书都被我翻旧了，说明我读得认真啊。"

"没问题。"叶莎说，"这点小事包在我身上。"

于是放学回家的第一件事就是去找朱尔签名，门铃按了老半天朱尔才来开门，看见是叶莎，热情地请她进去坐，说："我还以为是送报纸的呢，今天的报纸到现在还没有送来，不知道是怎么回事！"

"朱叔叔，"叶莎说，"你的胡子也该刮刮了，刮了看上去更有精神。"

"老喽。"朱尔摸摸下巴说，"不过听莎莎的，这就刮！莎莎难得来做客，我是要精神一点才对！"

说完拿出一把电动刮胡刀，对着下巴"嗞嗞"地刮了起来。他一边刮一边问："喝点什么？我有茶和可乐！"

"不用客气啦。"叶莎说，"我今天是来请你帮忙的。"

"哦，"朱尔坐直身子说，"愿为您效劳。"

叶莎从书包里取出那本书，说："我有个好朋友特别喜欢看你写的书，她想请你在这本书上替她签个名。"

"小意思嘛。"

朱尔接过书来，很快就在上面龙飞凤舞地签上自己的大名，问道："你这好朋友多大了？"

"十七啊，跟我一个班的。"苏眉答道。

"十七岁就喜欢看我的书？"朱尔哈哈笑着说，"看来以后我写书时还要谨慎点才行啊！"

"苏眉很有才的。"叶莎说，"她的画画得可好了，诗也写得不错，还在《少年文艺》上发表过作品呢！"

"是吗？"朱尔从书架上取出两本新书来，"这是我才出的

书，送你和她一人一本吧，学业之余你们也可以看一看。当然，也得要你爸爸妈妈没意见。”

“朱叔叔，我都长大了，”叶莎说，“他们不会管我那么多的。”

“是啊，一转眼你都高二了，那是真的很快。”朱尔说，“岁月如梭啊，过不了多久我就快成爷爷了！”

“哈哈，”叶莎笑着说，“你真够夸张。”

“是真的，现在在网上，就有人叫我老爷爷，你信不信？”

“你也上网？”叶莎好奇地问。

“在家没事，写累了就上上网，我快有自己的个人主页了，是一个读者替我做的，做得还真不错，以后在网上就可以看到我所有的作品了。”

“我妈不让我上网，我们班有的同学上网聊天都快聊疯了，我们班主任老黑说再这样下去就让他们到网上去吃喝拉撒，他们不用来上学了。”

“其实上网也不一定是聊天啊，我倒觉得中学生上上网没什么大的坏处，控制好自己就行，也长长见识嘛。”

叶莎觉得和朱尔聊天挺有意思的，不知不觉话就多了起来：“我们班有个男生的网名叫‘午夜狼叫’，还有一个男生的网名叫‘打死我也不说’。他们有一次为了上网一整夜没回家，老黑在网吧捉到他们时把他们损了个够，说：‘叫你老爸把你打得比午夜狼叫还惨，我看你说不说？’”

“哈哈哈。”朱尔笑得跟什么似的。

“那朱叔叔你有网名吗？”

“呵呵，”朱尔笑着说，“我这网名可好，我都想注册啦。”

“说说看？”

“猜猜猜！”

“哪能猜得到啊！”叶莎不高兴地说，“告诉我好啦。”

“不是告诉你了？我就叫‘猜猜猜’啊。”

“啊？”这回轮到叶莎笑得个不行，“猜什么？”

“人生有很多事是猜不透的。”朱尔又有些深沉起来，“所以要拼命地猜猜猜，猜透它，不要被命运牵着脖子走才好。”

“有意思。”叶莎说。

“等你放假的时候来我这里，我教你上网。现在都有网上学校了，学习上有什么问题，在网上查一查就一清二楚了。这是信息时代，落伍了可不行。”

“谢谢朱叔叔。”

“看着你长大的，还跟我客气什么啊？”朱尔把叶莎送到门口，叶莎看着他院落里的草，说，“这些草长得不太好了，你有空也找人弄弄啊。”

“完全不必担心，”朱尔说，“月上天已明，春来草自青。”

那一瞬间叶莎想起喜欢春天的如意，但是她不敢和朱尔提起这个名字，只是挥手跟他说再见。

晚上做完作业以后，忍不住偷偷拿了朱尔的小说出来看。那是一本爱情小说，名叫《春天走不远》。

扉页上有行小字：谨以此书，献给爱妻。

故事里的女主角，叫如意。

叶莎看着看着，不知不觉就入了神。朱尔写得真好啊，如意如果能看到这本书，一定会开心坏了。书一打开叶莎就再也舍不得把它合上，第二天要考物理也管不着了。

妈妈睡以前来她的房间看了一眼，说：“早点睡啊，要注意身体。”

“唉。”叶莎有些慌乱地说，“妈妈你也早点睡，明天还要上班呢！”可不能让妈妈知道她在看爱情小说，妈妈一定会生气的。长这么大，叶莎还没有什么事瞒过妈妈呢，心里总归有点过意不去。

故事看完近凌晨两点了，泪水不知不觉地爬满了叶莎的脸颊。她真想现在就去问问朱尔故事是不是全是真的，不然怎么可以写得这么感人？关于爱情，叶莎觉得自己一直不是很开窍。

但是朱尔的小说仿佛在心里替她推开了一扇门，让她体味了以前从未曾体味过的一种别样的滋味。她突然非常地想念那个叫如意的女孩子，心里忽然爬满了她唱的那首歌的旋律，那只听过一次的旋律是如此真切和熟悉，在叶莎十七岁的一个普通的夜里悄然重回，让她久久不能入睡。

雪薇的微笑是多么美丽迷人

她轻轻地靠着陈歌

用嘴唇在茶杯边轻轻地吹着气

水雾弥漫

一如苏眉潮湿的眼睛

期末考试的前一个周末，苏眉独自在家复习。忽然接到了一个陌生男人的电话。

男人在电话那头说："是不是小眉？"

"谁？"苏眉有些许的吃惊。

那边迟疑了一下，然后说："我是爸爸。"

苏眉的心像是被什么东西猛地划了一下，然后就钝钝地疼起来，握着听筒，一个字也说不出。在爸爸离开的将近六年的时间里，她早已习惯了去忘记自己还有过父亲，因为他从来没有回来看过她，就连过节日、过生日，也从来没有一个电话。仿佛约定好了，苏眉和妈妈之间也从来不提爸爸，"爸爸"这两个字就像作文本里多写出来的两个字，用橡皮擦拭掉后，只留下一点点隐约的斑痕，如果不认真去看，可以完全忽略。

六年没有听过的声音在耳边响起的时候，苏眉觉得自己已经有些难辨真假了，脑子里轰轰地乱响了一阵，然后她说："是谁？别开玩笑。"

"小眉，我真的是爸爸。你爸爸苏更生。我住在国际饭店3072房间，我想见见你，能来吗？记住，3072房间，我等你。"

那边说完，就“嗒”的一声挂了电话。

苏眉看了看手里的听筒，忽然觉得这事很滑稽。如果不是爸爸，谁会开这种无聊的玩笑？如果真的是，怎么又搞得像电视里的特务接头？

苏眉曾设想过无数次和父亲的重逢，可是没有一次是这样子的。

到底去不去呢？苏眉的心底踌躇起来。关于爸爸的事，她不想贸然和妈妈提起。妈妈这个人遇到什么事都可以冷静，就是提到爸爸不行。

苏眉记得有一次妈妈和爸爸的老朋友周阿姨来到家里，谈到爸爸妈妈的事情时她替爸爸说了一句话，她说：“其实苏更生也是挺不容易的。”就为这么一句话妈妈立马拉下脸来，好长时间也没理周阿姨，弄得周阿姨挺难堪的，讪讪地走了，好长时间也没有再来。

所以从这一点来说，妈妈是固执的，要是知道苏眉独自去见了爸爸，苏眉想，妈妈是肯定会生气的。

大人的是非恩怨实在是说不清楚，可是在苏眉的心底，到底还是想见爸爸。她真的有些想不起他确切的模样了，只记得他个子不算太高，眼睛也不大，脸颊很瘦，走起路来慢慢的，做什么事都不急不忙的样子。

妈妈曾说过，她最讨厌的就是爸爸的这种样子。

那么结婚以前呢？苏眉想，爸爸结婚以前也许不是这个样子的，不然妈妈又怎么会愿意嫁给他呢?

唉！爱情真让人费解。

去?

不去?

苏眉在家里晃来晃去，背包拿起了又放下，放下了又拿起，考虑了差不多有半个小时还是难以拿定主意，最后，她拨通了陈歌的手机。这好像也是习惯，遇到什么拿不准的事，就想和陈歌商量商量。

陈歌听后说：“你能确定他是你爸爸吗？”

“我不知道，”苏眉说，“他走了快六年，这是第一个电话。”

陈歌想了想，说：“这样吧，我陪你去，现在社会上骗子也多，还是小心点的好。”

“你不用陪女朋友吗？”苏眉问。

“谈恋爱还能每时每刻腻在一起？”陈歌笑呵呵地说，“再说妹妹有事，我还能不两肋插刀？”

“贫。”苏眉说。

“最近是有点贫。”陈歌说，“她特喜欢我贫，我得天天练习着。”

“哈哈！”苏眉笑，心里却有些酸酸的，一向有主见的陈歌也在为一个女孩没有原则地改变了。爱情真是伟大啊。

怔了好一会儿，苏眉才说：“哦，对了，你还没告诉我她叫什么名字呢！”

“雪薇。”

“哦，”苏眉故意恶作剧地说，“这名字有点俗了。”

“哈哈。”陈歌说，“好啦，在国际饭店门口等我。我要是没来，可别独自上去。”

“知道啦。”苏眉说。

“还有，先别告诉你妈妈。”

“知道啦。”

“天冷，多穿点！”

“知道啦，啰嗦。”苏眉笑着挂了电话。心想，陈歌还是挺关心自己的。

出了门，苏眉发现天下雪了。

江城的雪总是下不大，一阵阵悄悄地来，再悄悄地去。最多就是房顶和枝头堆那么一小点点白。风一吹，也迅速地散了。

但飘雪的时候，还是很美的，细细的雪缓缓地从你眼前落下，像一个个飞舞的精灵。苏眉穿了米黄色的大衣，戴着红色的帽子和手套，站在国际饭店的门口等陈歌。饭店的门卫几次示意她进去，她都朝他摆摆手。

陈歌打了的来，下车一看到苏眉就说：“呵呵，像个雪娃娃。”

在陈歌略带欣赏的赞美里，苏眉的脸有些微红，好在天冷，看上去像是被冻的，再说陈歌也根本没在意。不过苏眉还是悄悄地低下了头去。

两人进了饭店，电梯悠悠地往上走，电梯很大，里面只有他们两个人。陈歌问苏眉说："要是真是你爸爸，你真打算见他？"

"是的。"苏眉说，"我有问题要问他。"

"什么问题？"

苏眉低声说："我想知道他为什么这么多年一点音讯也没有。怎么说我也是他女儿，我不相信他那么无情无义。"

"恨他不？"陈歌问。

苏眉摇摇头说："就像张晓风的散文里说的，爱的反面不是恨，是漠然。想起他，我漠然得很。"

"那就好。"陈歌说，"我还怕你激动得招架不住呢。"

"怎么会？"苏眉故作恼怒地看着陈歌说，"我成熟着呢，你别小看我。"

"不敢不敢！"陈歌则故作谦卑地说。

"还想知道他过得好不好。"苏眉真情流露地说，"血浓于水，尽管他不要我，我也不愿意看到他潦倒。"

"不会差的，"陈歌说，"能住这么好的饭店说明他现在还有两个钱。"

"呵呵。"苏眉笑了。

她相信陈歌，陈歌说的话一向没错。

按响了门铃，苏眉一见来开门的人就愣在了那里。

真的是爸爸。

这么多年了他不见老，看上去反倒年轻了许多。刹那间，儿时的记忆随着这张脸铺天盖地而来，就像陈歌说的，苏眉还真的有一点招架不住。

陈歌看着苏眉挑挑眉，表情是在说："是你爸爸？"

苏眉朝他点点头。

陈歌拍拍她的肩说："跟爸爸好好聊聊，我在楼下的咖啡厅等你，有事打我手机。"

"好。"苏眉感激地说。

爸爸把苏眉迎进了房间。苏眉找了张圆圆的沙发坐下，心里涌动着千言万语，但她发现自己不太敢看爸爸，更怕和他进行眼神的交流。爸爸好像也有点不敢看她，眼光闪烁不定。于是苏眉只是坐着，等着他先开口。

"没告诉你妈妈你要来吧？"没想到他冒出来的第一句话竟是这个。

"那重要吗？"苏眉说。

"长大了，"爸爸叹气说，"说话跟你妈妈一样，学会咄咄逼人了。"

"如果你让我来只是让我听你骂妈妈的话，"苏眉站起身来说，"那我走了。"

"脾气都跟你妈一模一样！"爸爸伸出手来拖她，"既然来

了，就安心坐坐。让爸爸好好看看你。真是女大十八变，爸爸都快认不出你了。”

“你回来做什么？”苏眉没好气地说，“你不是已经走了六年吗？你还回来有什么意思呢？”

“我知道你恨我。”爸爸拿出杀手锏，“但是，小眉，要知道你无论如何是我女儿，这是永远也改变不了的事实。”

“六年对女儿都不闻不问的爸爸早就配不上爸爸这个称号了。”苏眉反唇相讥。

“有些事我想你一直不知道，你妈妈不让我打电话给你，我要是打了，她知道后一定会吵翻天。不过爸爸发誓从没忘记有你这个女儿，从你十二岁到十四岁，我都寄生日礼物给你，但是都被你妈妈退了回来。还有，这六年来我也一直在付你的抚养费，从来没有拖欠过一分。等你明年考上大学，学费就是全由我付我也没有意见。只要你有好的前途，爸爸就放心了。说真的，你爸爸现在的条件还可以。”

“别摆阔，你条件再好跟我们都没有任何关系！”苏眉愤怒地说，“再说，你说的这些我都从来没有听妈妈提起过！我怎么知道你是不是撒谎？”

爸爸苦笑着说：“总有一天你会明白，一次失败的婚姻带来的后患是无穷无尽的。到最后的结果就是你亲生的女儿瞧不起你和不信任你。”

爸爸这两句话说得凄然，苏眉不忍心回嘴了，于是二人又陷入沉默。

过了半天，还是爸爸先开口："对了，刚才那男孩是……"

"我的家庭教师。"苏眉赶紧解释说，"你可别瞎想。"

"哦，"爸爸说，"教你学画画的那个？"

"你怎么会知道？"

"我有一本《少年文艺》，上面有你写的一篇文章，文章的名字叫《我在画中舞蹈》，里面谈到你学画的过程，我记得没错吧？"爸爸微微笑起来，"值得骄傲啊，我女儿的文笔还真是不错的。"

苏眉吃惊地看着爸爸，她以为这么多年来自己的一切爸爸都不曾知道，而听他说话的语气，却好像对自己很了解一样。

苏眉的心乱了。

"对不起，小眉。"爸爸说，"爸爸真的爱你，但是有好多事爸爸都是身不由己。"

苏眉有点无奈地看着爸爸，心里恨恨地想：大人们总是这样，不会把一件事情说得清清楚楚。用模模糊糊的语言遮掩自己的过错，没劲透了。

于是苏眉起身跟爸爸告辞，她觉得没有再继续说下去的必要。她很认真很认真地看了爸爸一眼。不知道为什么，在苏眉看来，这一眼之后，也许就是永别。从此以后，自己和自己的父亲之间，永远也不会再有什么关连。这是一件多么痛苦的事啊，因为父母错误的选择，在苏眉少女的心里，"离别"这个词早就拥

有了丰富而又立体的含义。不管爸爸和妈妈为什么一定要离婚，离婚的理由有多么冠冕堂皇，苏眉对这六年来残缺的家都无法做到完全释怀。

“这么快？”爸爸有点遗憾地说，“不跟爸爸吃个午饭？我是来出差的，明早坐飞机离开这里。”

苏眉一声不吭地走到门边。手放在门边了，正要拉开，想了想又回过头说：“爸爸，祝你好运。”

苏眉看到爸爸的眼眶一下子红了。他抬起手来，像是要留住苏眉，但是他欲言又止，最终什么也没说。

苏眉掉过头，开了门飞奔而去。

就这样从楼梯一路奔到楼下，电梯也忘了乘。陈歌正在那半透明的咖啡屋里喝咖啡，咖啡一定是才泡上来，还冒着袅袅的热气。他见了苏眉，说：“啊？这么快？”

苏眉喘着气，站在陈歌的面前，一句话没说，眼泪哗啦啦啦就下来了。

“哎，在公共场合别哭啊！”陈歌慌忙拿出纸巾来给她擦，一边擦一边拖着她往外走说，“有什么事咱们回家再说。”

上了车，苏眉总算平静一些。偏偏司机是个多事的人，一边开车一边调侃说：“小两口闹意见？”

“好好开您的车！”陈歌呵斥他说，“别那么多话！”

“我这人还就是话多。”司机兀自说下去，“我还最怕年轻人到我车上来吵架。跟你们说个好玩的事儿。上次我带两个大学

生，女的刚一上车就甩那男的一耳光，那男的说：‘一耳光哪够啊，起码甩我两耳光。’那女的又甩，打得狠啊，又狠又准，脆亮的一声。这下那男的不满意了，说：‘你他妈真打呀，我不疼呀？我也是人生父母养的啊。’女的说：‘我就真打，你能把我怎么样？’男的说：‘你再打我一下，我K你老母。’呵呵，粗话都出来了。于是那女的就说：‘好啊，我今天才知道你这么粗俗，我怎么能和这么粗俗的人谈三年恋爱？我真是瞎了眼。我跳车，我要跳车给你看！’一说完就真要跳啊，车门都开了。吓得我一身冷汗，一个急刹车把车停在路边。你说，这要是出了人命算谁的？”

“当然不能算你的喽。”也许是觉得这司机有趣，看苏眉听着听着也展了展眉头，陈歌就跟他搭起话来。

“那可不是。”司机说，“我这怎么着也属见义勇为救人一命吧，嘿，那交警还说我乱停车罚了我五十块。我正跟交警交涉着呢，最后那两个吵架的也不知道跑哪里去了，车钱都没付，你说我亏不亏？”

“亏。”陈歌给他逗乐了，哈哈大笑着说，“那可真是亏大了。”

“可不，”司机总结说，“从那以后我就怕吵架的小两口上我车。”一边说一边在反光镜里饶有兴趣地打量着苏眉。

“看什么？”苏眉白他一眼，说，“你再看，我跳车！”

这下司机乐了，咂咂嘴说：“现在的小姑娘真是一个比一个厉害。惹不起啊。爹娘也管不住！”

一听司机这话苏眉嘴一扁，又忍不住哭起来。陈歌慌得又在身上找纸巾，说：“哎哎，别哭啊，快到家门口啦。”一边又骂司机说：“你闭嘴吧，好好的又给你说得哭起来！”

陈歌替苏眉擦泪，两人贴得很近，苏眉又感觉到他身上那种令她安宁的气息。她又想起很多年以前那个雷电交加的夜晚，对陈歌所有的依恋仿佛都是从那个夜晚启程的。她真希望车子永远也不要到家，于是对陈歌说：“陈歌，我不想回家，你带我去别的地方吧？”

“好的。”陈歌迁就地说道，“你想去哪里？”

“随便！”

陈歌想了想，说：“我带你去一个好地方！”

陈歌说的好地方是一间不大的画廊，苏眉一进去就觉得眼前一亮。从画廊里的画和装饰来看，主人是一个很有品味的人。

一个长发的女孩正在里面忙碌，见了陈歌，三步并作两步地跑过来，笑嘻嘻地说：“咦呀，你怎么有空？”又歪过头来看陈歌身后的苏眉，眼睛里露出活泼友好的疑惑。

“苏眉。”陈歌把苏眉拉到跟前对那女孩说。

然后又指着女孩对苏眉说：“雪薇。”

苏眉恍然大悟，原来陈歌的女朋友是这间画廊的主人。

“欢迎！”雪薇伸出手来，“常听陈歌说起你，我还一直以为是个小小孩，没想到个子比我还要高，是个漂亮妹妹啊！”

“别取笑我啦。”苏眉环顾四周说，“你这里很不错啊。”

“有陈歌的画作装饰啊，当然错不了！”雪薇往陈歌身上娇俏地一靠，说，“今早有客人看中了你一张画。没给到理想的价位，我愣是没卖，他都出门了，想想又折回来买了去，把我给乐得……哈哈！”

“你呀，”陈歌责备说，“这么做生意早晚关门！”

“呸呸呸！”雪薇生气地说，“说两句好听的行不行啊？”呸完了又笑着说：“不过，只要你的画物有所值，我这小店关了又有何妨呢？”

“会说啊！”陈歌捏捏她的脸，“去泡杯好茶来，让苏眉坐坐歇歇。”

“嗯哪！”雪薇欢欣而去。

陈歌带着苏眉往里走，里面别有洞天，竟是一间不大的茶室。铺了小花格布的方桌和小小的布艺凳，给人别样的温馨感觉。

陈歌说：“画友们常来这里聊天，我就是在这里认识雪薇的。她这里像一个家，给人的感觉相当不错！”

苏眉服气，陈歌的确是有眼光。

“你以后要是不开心，就常来这里坐坐。雪薇很好客的。”陈歌又说。

“好。”苏眉低着头说。

“怎么了？跟爸爸谈得不开心？”

“我真的不知道他们是怎么回事？”苏眉忧伤地说，“我爸爸竟然说他不跟我联系主要是因为我妈妈不让。我妈妈为什么会不让？我感觉他们无论做什么，都从来没有考虑过我的感受！”

“你要理解他们。”陈歌说，“感情没有了，还天天呆在一起是肯定会别扭的，不如分开。你看，他们现在不是都各自过得很好吗？你妈妈这么做，也许是希望从此断个一干二净，不再有任何牵连。怎么说你爸爸也有了新的家庭，牵牵绊绊的也不是个事儿啊。”

“我没说他们不该离婚，”苏眉申辩说，“但是他是我爸爸呀，这种血缘关系是说断就断得了的吗？大人有时真天真！”

“不是天真。”陈歌纠正她说，“是无奈。”

“陈歌，你会跟你不爱的人结婚吗？”苏眉问。

“当然不会！”陈歌说，“至少结婚的时候，我得肯定我是非常非常爱她。”

“你也不敢保证以后吗？”

“以后？”陈歌说，“我相信爱情是要经营的。就像画画时，每一个细节都要处理好，才会是一张完美的画。更何况这是一张两个人合作的画，要心意相通才会不出差错。”

“那么，陈歌你说，爱情这么危险，究竟有没有意思？”

“怎么了？”陈歌看着苏眉的眼睛，“丫头，你不要告诉我你在恋爱！”

“也许在，也许不在。”苏眉大胆起来，“这有什么好怕的？”

“呵呵。”陈歌笑着说，“真没想到有一天我和妹妹也谈起这样的话题来了。”

“我早说过我不小了，”苏眉勇敢地看着陈歌说，“你别再把我当小孩子，可以吗？”

“当然可以！”陈歌好脾气地说。

正说着呢，雪薇进来了，手里的托盘里放着茶和水果。苏眉这才注意到她的衣服，很民族化的小花棉袄。还注意到她的眼睛，被爱情照亮的眼睛是那么有光彩，以至于整个人看上去都水灵灵的，让苏眉自惭形秽。

“说什么呢？”雪薇说，“我听你们说什么结婚啊爱情啊什么的。”

“对。”陈歌替她把东西接过来放到桌上，借题发挥说，“苏眉问我跟你什么时候结婚呢，你说什么时候好？”

“你不是说你至少要到三十岁才会结婚？”雪薇说，“难道你自己说过的话也忘得一干二净了？”

“如果有人强烈要求的话我不介意提前个两三年啊！”陈歌看着雪薇说。

雪薇的脸一下子红起来，骂道：“没正经！”

“我没正经？”陈歌说，“你好好看看，看清楚了，可别上了贼船。到时候下不来，别说我没打过招呼！”

雪薇气得举起手来，作势要打陈歌。陈歌也不躲，笑笑地看着雪薇。

苏眉静静地坐着，看着他们打情骂俏，心里的忧伤像海水一样一波一波慢慢地涌上来。她想，这样的忧伤是只有自己才会懂得和体会的，一意孤行的爸爸和妈妈不会懂，因为无论做什么他们都会觉得理所当然。在幸福里深深沉醉的陈歌和雪薇更不会懂，因为此时此刻，世界上的一切对于他们都是那么美好和抒情。

所以，谁也不会看到或在意一个十七岁的女生心底的那份痛苦。

天冷，手里的热茶很快就冷却了。苏眉也觉得冷。

那晚妈妈回来得依旧很晚，过问了一下苏眉的功课，就坐到沙发上休息，手支着额头，很累的样子。苏眉没有告诉妈妈她和爸爸见面的事，她对妈妈说："早点休息吧，你好像很累的样子。"

"是累。"妈妈说，"春节的货源还未备齐。"

"妈妈，"苏眉不解地说，"你这样拼死拼活的，都是为了个啥？"

妈妈看着苏眉，说："哟，女儿会问这么深奥的问题了？我还真不知道该怎么回答呢。"

"妈妈，"苏眉坐到妈妈身边说，"是不是这样让你觉得快乐？"

"也许吧。"妈妈搂紧了苏眉，"妈妈知道对不起你，我不是一个合格的妈妈啊，眉眉你不怪我？"

苏眉摇摇头说："今天我看到陈歌的女朋友了。"

“是吗？”妈妈说，“怎么样？”

“很漂亮，她很爱陈歌，陈歌也很爱她。”

“什么爱呀爱的，也不知道羞！”妈妈在苏眉的脸上轻轻一拍，说，“以后这种字眼不要随便乱说。”

苏眉咯咯笑着说：“妈妈你真封建。”

“我就封建。”妈妈说，“你二十岁前休想谈恋爱。”

“不谈就不谈，我永远也不嫁人，一辈子陪着你！”

“什么嫁啊嫁的，”妈妈说，“越说越离谱！”

“那我不说了，”苏眉说，“我得复习去，马上就要考试了。”

“对，去吧，”妈妈一挥手说，“这才是正经。你考个好大学，我就老怀大慰了！”她真的是很累，笑起来，嘴往下咧着，一点也不好看。

苏眉看着也心疼，学着妈妈的口气说：“什么老不老的，你还年轻着呢，以后这种字眼不要随便乱说！”

“没大没小。”妈妈开心地骂。

不过那晚苏眉怎么也看不进去书，脑子里来来回回地重叠着爸爸的脸，本已模糊的东西一旦再清晰就很难从记忆里抹去。等到爸爸的脸好不容易走了，浮上的又是雪薇的脸，雪薇的微笑是多么美丽迷人，她轻轻地靠着陈歌，用嘴唇在茶杯边轻轻地吹着气，水雾弥漫，一如苏眉潮湿的眼睛。

雪

一片一片一片一片

拼出你我的缘分

我的爱因你而生

你的手摸出我的心疼

雪人的初恋

倪蔚佳和父亲之间，终于发生了最厉害的一次冲突。

那是在期末考试的第一天。

倪蔚佳后来想，如果不是前一天看书看晚了，那天早上就会早起。如果起得早，就会走得早一些。如果走得早一些，就不会碰到爸爸。碰不到爸爸，事情也就不会发生了。

但这一切都只是如果，实际上那天早上倪蔚佳手忙脚乱地梳洗完毕时间就已经不多了，好在有妈妈破天荒地起床给她做早饭才不至于饿着肚子考试。荷包蛋真香啊，倪蔚佳凑过去，在背后搂住妈妈说：“其实妈妈你不用这么早起来的，我不吃早饭也能考个好分数回来。”

“这么自信？”妈妈看着女儿笑。

“用我们老师的话来说，最近我的成绩有了突飞猛进的进步！”倪蔚佳狼吞虎咽地吃着早饭，喜滋滋地说，“这次考试我有感觉！”

“是吗？”妈妈说，“这么好的事情，你也不早点汇报让妈妈高兴高兴？”

“我是想拿到成绩再让你吓一跳嘛。嘴上吹的有什么用啊？”

“知道就好！”妈妈说，“别老拿好听的话唬我！”

“我考好了你涨我零花钱？”倪蔚佳最关心的还是这个。

“没问题。”妈妈财大气粗，“要多少，妈妈给多少！”

“说话可要算数！”倪蔚佳乐了，想起曾伟，想起曾伟给她讲题时凑过来的那颗脑袋。他不像别的男生头发整日里乱蓬蓬的，而是梳得很精致，衬衫领子也总是干干净净的，看上去很入眼。不过倪蔚佳没有跟妈妈说起过曾伟替她补习的事，怕妈妈乱想。全年级的第一名啊，天天中午陪着自己念书，苏眉和叶莎都忌妒着呢，想想就让人开心。

正想着呢，爸爸从外面开门进来了，他看上去精神萎靡，显然又是打了一夜的牌，而且是肯定输了。一看这场景，倪蔚佳咕噜喝下最后一口牛奶，起来擦擦嘴，把放在沙发上的书包往身上一扯，说：“妈妈，我来不及了，我走了！”

谁知道爸爸一晃一晃地走过来，书包正好打在他的身上，他眼一横，骂道：“急什么急？！又不是赶着去投胎！”

“女儿今天考试，你说点好听的行不？”妈妈一边骂他，一边冲着倪蔚佳说，“你快走，别迟到！”

倪蔚佳瞪爸爸一眼，正准备走呢却被爸爸一下子拖住了：“你瞪着我干什么？我看你越来越不像话！”倪蔚佳这才发现爸爸还喝了酒，满嘴的酒气，直往你鼻子里扑。那一瞬间倪蔚佳对爸爸憎恶到了极点。她一把挣脱他说：“放开！别拉着我，我看到你就讨厌，讨厌！”

爸爸“啪”的一耳光甩到倪蔚佳脸上。

随着倪蔚佳的尖叫，妈妈从饭桌那边冲过来，拼命拽住爸爸，对倪蔚佳喊道：“佳佳你快走，你别理他，快走！”

爸爸力大无穷，一脚就踹到妈妈身上，妈妈被踹得往地上重重地一坐，脸上露出痛苦的表情。倪蔚佳的脑子里空白了好几秒种，等她清醒过来，也不知道是从哪里来的勇气，抓住爸爸拽她的手就一口拼命地咬了下去。这回轮到爸爸叫了，倪蔚佳咬得不轻，他疼得终于松了手，但很快又挥舞着拳头往倪蔚佳身上打来。倪蔚佳灵巧地躲闪着，心里早就忘了什么是害怕，只剩下愤怒，顺手抄起桌上的牛奶瓶就往爸爸的身上砸过去。一个小小的牛奶瓶哪能挡得住爸爸的凶狠？他朝着倪蔚佳直冲过来，一边冲一边对妈妈说：“看你养的什么好女儿，女儿打老子，这个家反了反了！”

倪蔚佳一面躲一面拿起身边的东西往他身上砸，嘴里也不依不饶地喊着：“你算什么老子？你看看你自已有个老子的样子吗？”

“我没有？不认我做老子，你给我从这个家里滚出去！是谁供你吃，供你喝，供你穿？你长大了翅膀硬了！”

“你还好意思说？你为这个家做过什么啊？我都替你脸红！”

“别吵了，我说你们别吵了！”妈妈从地上爬起来，拼了命地上来拦住他们，还替倪蔚佳挡了爸爸的好几拳。倪蔚佳一直退到厨房里，等她出来的时候，手里多了一把长长的水果刀。

“佳佳！”妈妈回过头来惊叫，“你可不要乱来！放下，快把刀放下！！”

“让她砍！”爸爸反正是喝醉了，也不知道怕，反而叫嚣着，“让她砍死她老子，明天好上中央电视台露个脸！砍啊，砍啊！”

倪蔚佳嘴里呼呼地喘着粗气，用仇恨的眼光盯着爸爸，她真的不知道自己接下来会做出什么样的举动。然而就在此时，倪蔚佳看到妈妈眼里露出绝望的神情，这神情让倪蔚佳的心里猛地一颤，然后她看到妈妈松开了拉住爸爸的手，软软地瘫在了地上。

一场吵闹终于以妈妈的晕倒作为结束。

等倪蔚佳赶到学校的时候，考试已经进行了差不多半个小时。监考老师是四班的班主任，黑着脸问她说：“你怎么回事？”

“让考就考，不让考拉倒。”倪蔚佳看着脚尖低声咕噜着，心里牵挂着躺在家里的妈妈，哪还有心考试?

“我说你什么态度？”怕影响别的同学考试，老师一把把教室们关起来，看样子是要好好和倪蔚佳理论理论。刚好老黑走了过来，一看这场景，替倪蔚佳求情说：“还是让她先进去考试吧，有什么事考完我找她谈。”

老黑的面子还算挺大，那老师点点头，侧身让倪蔚佳进去了。

倪蔚佳一进教室就迎面撞上曾伟的目光，只是那么短短的一秒钟而已，然后曾伟就继续低下头做他的试卷了。

早上是考语文，倪蔚佳盯着试卷半天才静下心来。心里乱七八糟的，题目做得也不是很顺手，昏头昏脑地做完，昏头昏脑

地交了卷。看到苏眉在教室门口对她做口型，示意她出去。

倪蔚佳随着苏眉到了教学楼的拐弯处。那里有一个小小的平台，没事的时候她们常在那里聊天。叶莎早就站在那里了。她穿了黑色的呢子长裙，在深冬里显得飘逸极了。看到倪蔚佳，她就问：“你怎么了？考试也迟到。”

“别提了！”倪蔚佳把手放到苏眉的肩上，要不是这样她真怕自己站不住，“出门前跟我爸爸打了一架，我水果刀都用上了，要不是我妈晕倒，我真有可能捅他一刀！”

“呀！”苏眉说，“你真是的！有什么话不能好好说？”

“我忍了他很久了！”倪蔚佳一生气嗓门就大起来，“他怎么骂我都没有关系，可是他居然踹我妈！这个家都是我妈在撑着，他整天像个吃闲饭的逛来逛去，可他居然敢踹我妈！我怎么有这样的爸爸？他把天下做父亲的人的脸都丢尽了！”

“你别这么激动！”苏眉安慰她，自己的脸色却在不知不觉间沉了下去，半晌才说，“本来我不想说的，上个星期，我见过我爸爸了！”

倪蔚佳惊叫起来：“真的？你们都说了些什么？”

叶莎也说：“真的啊？难怪我见你最近心神不定。”

“现在想起来，什么也没说！”苏眉说，“想想都觉得凄凉，父亲和女儿之间，竟然冷漠到如此地步。有的时候我想，其实和他好好地吵一架甚至打一架可能还会好些，会让我相信他还是我的爸爸。”

倪蔚佳吸吸鼻子，说："我却巴不得我爸爸像你爸爸那样走掉，走得越远越好，永远不回来才算是最好！"

苏眉搂紧了倪蔚佳，说："当我们都没有爸爸好啦。"

叶莎见此情景，赶快安慰她们说："我妈妈做了好吃的，今天中午我们大吃一顿。下午还要考呢，不能心情不好呀！"

"好。"苏眉也安慰倪蔚佳说，"不管那么多！我们吃了再说！"

"我到电话亭打个电话。"倪蔚佳说，"我有点担心我妈妈，不知道她怎么样了。"

"我陪你去吧。"叶莎说。

"不用了，"倪蔚佳强作欢颜，"你陪陪阿眉眉好啦，我很快就回来。"

冬天的校园依然有草和树坚强地绿着，寒风刮过树梢，树枝微微地低头，并不显得屈服，而是分外妩媚。天又开始下雪，一点一点地和着小雨飘下来，倪蔚佳缩着脖子一路小跑往公用电话亭奔去。走着走着，突然听到身后有人叫她："倪蔚佳！"

回头一看，是曾伟。

"别问我为什么迟到！"倪蔚佳说，"我睡过头了！"

曾伟笑了笑，说："还没吃饭吧，我请你到我家去吃如何？"

"不了，不了。"倪蔚佳本能地拒绝，"叶莎和苏眉等着我，再说我还要打电话去呢！"

"哈哈。"曾伟笑起来，"倪蔚佳，你不是天不怕地不怕的

吗？现在又怕什么呢？”

“谁说我怕的？”倪蔚佳朝他瞪眼。

“那你敢不敢去我家？”曾伟说，“我可是真心邀请，而且，过了这村怕是没这店了，你考虑清楚。”最后一句话曾伟说得很低，倪蔚佳甚至在他的表情里看到一点点的羞涩，这表情令倪蔚佳怦然心动，然后她听到自己用更低的声音对曾伟说：“好的，我去。”

曾伟的家不大，两室一厅的小居室，但是窗明几净，让人看上去觉得很舒服。而且他家在一楼，后院里有个小小的花园。倪蔚佳透过窗口看过去，院子的中央躺着一张小小的黄手帕，显然是被风不慎吹落的。雪一点点地落在上面，手帕微微翻起，是很美的一幅画面。倪蔚佳想，手帕的主人一定是曾伟的妈妈，从这手帕和家里的装饰看得出来，她一定是一个活得很精致的女人。

有一个总是考全年级第一的儿子，她还一定是个幸福的女人。

曾伟很热情地招呼倪蔚佳坐，还给她泡了一杯热茶。倪蔚佳笑着接过，说：“客气！”心里想这小子还懂得一点待客之道。隔壁果然在搞装修，声音一阵大一阵小，吵得要命。倪蔚佳大着嗓门说：“你们家这房子很雅致，就是小了点！”

“中国人的居住条件就是这样！再怎么装修也没有用，你看看人家西方人住的房子，那才叫真正享受生活呢。”

“你崇洋媚外！”倪蔚佳骂。

“我只是实事求是。”曾伟说，“知识改变命运这话一点也没错，只有念书念好了，才可能改变这种生存环境。我可不想一辈子缩在这样的蜗居里。”

“怪不得你老考第一，”倪蔚佳恍然大悟，“原来动力在这里啊！”

“也不全是的。”曾伟辩解说，“在学习的过程中，征服未知也是一种乐趣啊！”

“最高境界！”倪蔚佳竖起大姆指说，“我倪蔚佳怕是一生一世也达不到这境界。”

“你有专长嘛，”曾伟说，“再说学习你完全可以迎头赶上。而我曾伟这破嗓子，一辈子也别想比你唱歌唱得好！”

“哟，”倪蔚佳满不在乎的样子又出来了，“唱歌还能当饭吃？”

“呵呵，说到吃倒真饿了，看我的！”曾伟说着挽起袖子进了厨房开始动手做饭。只见他将围裙围起来，熟练地将鸡蛋往碗里熟练地一打，油往锅里一倒，鸡蛋油汪汪地泡起来，满屋子都是香味，直看得倪蔚佳目瞪口呆。

“这就是第一名。”倪蔚佳慨叹，“说出去谁信啊？我长这么大还没有碰过锅铲呢！”

“我哪能有你那样的福气？我爸爸妈妈上班远，中午都不回家，我从初中起就是自己做饭吃了。”曾伟说，“要是时间够的话，我还会做糖醋鱼和辣子鸡。我妈说我是家里的一级大厨呢！”

倪蔚佳吞吞口水说："别吹吧！"

"你看我像吹吗？"曾伟使起锅铲来还真像那么一回事，"下次有机会一定要让你见识见识！"

"好！"倪蔚佳说，"说话要算数！"

"下午的物理是你的弱项，你心里还有数吗？"

"今天没心思考试。"倪蔚佳低下声音说。

"可以告诉我出什么事了吗？"曾伟把炒鸡蛋盛起来端到桌上，鸡蛋黄澄澄的，倪蔚佳一看还真的饿了，肚子不听话地咕咕叫起来。"可以告诉我出什么事了吗？"曾伟的声音听起来亲切极了，让倪蔚佳有些不知所措。想到还在教室里等着自己吃饭的苏眉和叶莎，倪蔚佳真的不知道自己怎么了，怎么会糊里糊涂地跟着一个男生回家，还在他的家里吃起饭来。这事要是给别人知道，还不知道会怎么说、怎么想呢。

"你在想什么？"曾伟替她把饭盛好，然后说，"不愿意说就算啦，赶快吃完我替你讲几道题，直觉告诉我下午一定会考这些题。你知道吗？我猜题的本事可高着呢！"

"曾伟，"倪蔚佳抬起头，直看着他的目光问道，"为什么要对我这么好？"

"呵呵，"曾伟躲开她的目光，闪烁其词地说，"这么多年老同学了，这有什么啊？看你客气的！"

"你不觉得我一无是处？成绩没有苏眉好，长得又没有叶莎好看，整天疯疯颠颠的，不干正事，你却对我这么好。"

“别瞎说啦，”曾伟赶紧安慰她说，“其实你很不错的。”

“好在哪里？”倪蔚佳不屈不挠地问。

“聪明，又真实，不矫揉造作，歌声又那么美。”曾伟总结说，“这样的女生很可爱的啊，你怎么没有自信？”

“曾伟，早上我和我爸爸打架了。”倪蔚佳听着曾伟的赞美，想着自己在一个很优秀的男生心里原来也是这么美好，有些说不出的感激，终于对曾伟说出了心里话。

“哦。”曾伟点点头，也不深问下去。

二人坐到桌前开始吃饭。倪蔚佳还是第一次和一个男生面对面地吃饭，有点不好意思张嘴。曾伟吃起饭来呼哧呼哧的，一下子就解决掉一大碗，看了看倪蔚佳，说：“你怎么还没动？不合胃口？”

“不是，”倪蔚佳挤出一丝笑来，“很好吃啊。”

“别不高兴啦，什么事总会过去的，跟自己爸爸哪里会有什么真正的仇恨？来，多吃点。”

“你不知道我爸爸，”倪蔚佳说，“关于他的所作所为我都羞于启齿。”

“那就别说了，”曾伟说，“快吃，吃完了我替你补习。”

“别对我这么好。”倪蔚佳一听眼泪就下来了，“我受不了你对我这么好。”

曾伟的手从桌面上伸了过来，一下子握住了倪蔚佳的手。倪蔚佳吓得差点跳起来，但是她感觉自己无法动弹，只能用含满了泪水的大眼睛疑惑而慌张地望着曾伟。隔壁的噪声忽然也停了，四周静得让人害怕。

“你别这么难过。”曾伟说，“在我的心里，你一直都是个无忧无虑的女孩子，看到你这么难过我才受不了。”

“别。”倪蔚佳想缩回手，可是曾伟不让。他的掌心热热地贴住倪蔚佳的掌心，倪蔚佳的脸慢慢地红起来，说：“你是一等的高材生，不能做错事。”

“我不觉得是错事。”曾伟说，“我相信我可以驾驭这种感觉。不过你别怕，我现在不会说那些不该说的字眼，等到我们都考上大学，有权利说了，我一定会说给你听。”

倪蔚佳觉得自己人整个地软下去。她声音也软软的，说：“曾伟你会后悔的。”

“怎么会？”曾伟说，“我决定了的事永远也不会后悔！”

“你决定什么了？”倪蔚佳一听这话，一把甩掉曾伟的手，又调皮起来。

“我决定和你一起上北京念大学，我喜欢北京，到底是首都，无论从哪个方面来说，它都是我们中国最好的城市。”

“少拿我开心！”倪蔚佳说，“我可考不上那名牌大学。”

“有我帮你你怕什么呢？你很聪明，我相信你一定行的！”曾伟说，“还有一年多的时间，只要你好好配合我，我保证你成绩可以提上去！”

“想得美！”倪蔚佳一听这话心里甜滋滋的，嘴里却说，“这都是你想象的，难道我不知道自己吗？”

“不想当元帅的士兵永远都不是好士兵。”曾伟说，“首先你要想做好，才有可能做得好。这是个最简单的道理。”

“我不喜欢北京，”倪蔚佳娇气地说，“那里的气候不好。”

“那你喜欢哪里？”

“我喜欢巴黎。”

“行！”曾伟说，“那以后我就带你去巴黎！”

倪蔚佳看着曾伟，长这么大没听过男生的甜言蜜语，更何况还是自己喜欢的男生，心里感动得排山倒海。一时没忍得住，眼泪就吧嗒吧嗒地下来了。

曾伟也不劝，就这么看着她哭。好在倪蔚佳不像苏眉一哭起来就哭个没完，她很快就止住了眼泪，冲着曾伟喊道：“纸巾！”

“到！”曾伟动作飞快地把纸巾递了过来。倪蔚佳觉得自己像被娇宠坏了的小公主，一开心又笑了起来。

曾伟骂她说：“一会儿晴一会儿阴！”

倪蔚佳则说：“曾伟，我们补习吧，你不是说你很能猜题吗？”

“有条件。”曾伟说，“你给我唱首歌吧。”

“想听什么歌？”

“随便你，唱给我一个人听，多好。”

倪蔚佳真的唱了，那是一首范晓萱的歌，名叫《雪人》。倪蔚佳略微有些紧张，她唱歌好像还从来没有这么紧张过。但她真的喜欢唱啊，只要唱起来，一切的烦恼都丢到了九霄云外。

雪

一片一片一片一片

拼出你我的缘分

我的爱因你而生

你的手摸出我的心疼

雪

一片一片一片一片

在天空静静缤纷

眼看春天就要来了

而我也将

也将不再生存

……

曾伟很认真地在听。

而窗外，正落着细细的，细细的雪。

下午一起去考试，走到校门口，两人都无意识地分开了。倪蔚佳觉得自己有些不够光明磊落了，以前和曾伟之间不是这样的啊。也许从今天中午以后，一切都变得有那么一点点不一样了，只是倪蔚佳还来不及去细想，这是一件好事呢，还是一件坏事？

不过，曾伟猜题还真有一手。下午考物理的时候，试卷一发下来倪蔚佳就发现有好几道题都是曾伟中午才给她讲解过的，心里暗暗地佩服起来。她伸出腿去踢了踢他的凳子表示感激，曾伟的背微微挺了一下算是回应。倪蔚佳觉得有趣，于是又调皮地踢了一踢。曾伟又挺了挺背，不过没有回头，倒是他的同桌、班长夏小妮回过头来，好奇地看了一眼。

倪蔚佳装作若无其事地埋头做起试卷来。

有了曾伟的帮助，倪蔚佳感觉物理考得不错，考下来后整个人都笑眯眯的，早上的不快乐也忘了个一干二净。

下了课，苏眉一把把倪蔚佳拉到教室外面，问她说：“中午你去哪里了？害得我们一阵好等。”

苏眉是多年的朋友，倪蔚佳不想骗她，说：“去曾伟家了。”

苏眉看着她，说："你可别瞎来。"

"没有。"倪蔚佳趴到苏眉的肩上，放低声音，尽量掩饰内心的喜悦，"苏眉你知道吗？他说他喜欢我。我有点不相信呢。"

"曾伟跟你说这些？"苏眉不信，吃了一大惊。

"他还让我跟他一起考北京的大学。"

"哎呀！一个中午就这么突飞猛进？"苏眉狠狠地捏她一把，说，"可不能小看了我们的倪小姐！"

"别闹啊！"倪蔚佳笑起来，一转头看到曾伟，他正站在教室的门口朝这边望过来。

"找你呢！"苏眉也看见了。

"他是要替我讲讲数学，"倪蔚佳说，"明天考数学我又是一个'死'字，今天的物理多亏了他，他真的替我猜对了不少题！"

"别忘了我们就行，猜了什么题你也告诉我们一声！"苏眉说，"还有啊，可别被恋爱冲昏了头脑，要是带坏了第一名，不知道有多少人找你算账！"

倪蔚佳嘻嘻地笑，幸福之情溢于言表。

这是人间四月天

一切都醉

都美

我让笑容

模仿四月的蓓蕾

让心情

模仿春日的天空

往事在青春里航行

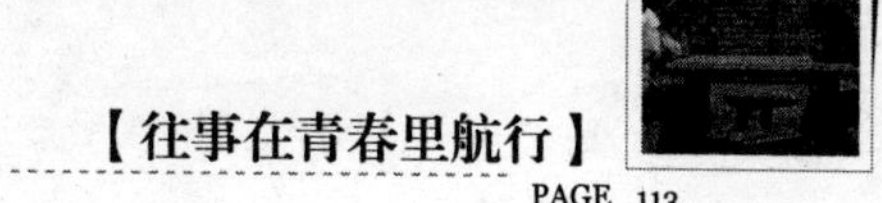

放寒假了。

今年的冬天特别地冷，而且动不动就下雪。不过雪依然下不大，一小会儿就化成水，流得满地都是。叶莎就盼着天晴，因为放假前说好了，天一晴，苏眉和倪蔚佳就会来自己家做客。

由于家离学校远的缘故，做了这么久的好朋友，她们还没有来过自己家呢。

她们的家叶莎倒是都去过。苏眉家最大，一百五十平方的大房子，客厅大到可以跳舞，餐厅里坐两桌没有问题，光是卫生间就有三个，但就她和她妈妈住，到处显得空空荡荡，怎么看也少了点人气。倪蔚佳家的房子也不算小，还是才装修过的，家里一切现代化，最吸引人的是电视机，有半面墙那么大，倪蔚佳要是唱起卡拉OK来绝对过瘾。比较起来，叶莎家的房子又小又旧，但叶莎觉得自己的家是最有特色的。他们这一带的房子都被列为国家重点保护的文物了，不仅国内的游客会来，还常常有外国朋友来参观呢。叶莎学习累了的时候，喜欢坐在窗前，看雪一片一片落在门前的小院里，雨滴一点一点挂在藏青色的屋檐上，心里悠闲到了极致。

家里只有妈妈整天惦记着要住高楼，叶莎和叶莎爸爸都一点也不想。

终于盼来阳光灿烂的日子，叶莎征得妈妈的同意，一大早就打电话向两位好友发出邀请，苏眉和倪蔚佳都欣欣然地答应了。

叶莎到小巷口去接苏眉和倪蔚佳。这里的巷子曲曲折折，如果不接，她们一定找不到叶莎的家。叶莎走在小巷里，青石板路在阳光的照射下发出幽幽的蓝光，冬日的阳光像薄雾一样笼罩在她的身上。叶莎走得很轻，像猫一样的脚步。每天上学的时候都是骑着车一路颠簸着往前，其实还是走在这种路上的感觉才叫好，叶莎喜欢。

正想着呢，迎面撞上一个人，吓叶莎好大的一跳。那人正是朱尔，手里捏着两根油条，端了一杯豆浆，他对着叶莎喊道："莎莎走路怎么不看路？"

"对不起！"叶莎慌忙说，"朱叔叔你怎么才吃早饭？"

"昨天睡晚了！"朱尔说，"早上起不来！"

"要注意身体啊！"叶莎说，"写书不要太拼命啦！还有啊，早餐老吃这个没有营养的！最好是鸡蛋加牛奶！"

"哈哈。"朱尔笑了，"莎莎还懂营养学？"笑完了又说："一个人，糊一糊，填饱肚子就行了！"

叶莎心里想说：不行，如意姐姐看了会难过的。但是怕说了朱尔难过，就没有说出口。只是问朱尔："对了，朱叔叔，今天我的两个好朋友来我家做客，她们想见见你，你有时间吗？"

“对呀，放寒假了。是该放松放松了。”朱尔说，“你妈妈一定做了好吃的吧？不如中午我过来蹭饭？”

“真的？一言为定！”叶莎说，“这下苏眉该开心得要命啦！”

朱尔嘿嘿一笑，咬了一口油条，跟她说再见。他走起路来像小跑，叶莎又想起了如意，想起那些年她和朱尔回来看邻居时，每一次离去，朱尔都是牵着如意的手从小巷慢慢地离开，再慢慢地消失在叶莎的视线里的。那时候朱尔的背影悠闲、挺拔，和现在那么的不同。

苏眉和倪蔚佳一进叶莎的家门就这里摸摸那里瞧瞧，新鲜得要命。苏眉说：“这里就像世外桃源，早听说西区美，不知道美到这种程度。”

“是啊！”倪蔚佳也说，“小时候也来这边玩过，那时候傻傻的，只觉得这里破旧，看不出美来。”

“看来还是老的东西才有味道。”苏眉总结。

叶莎说：“呆会儿我带你们到朱尔家去参观，他家的房子才叫有味道呢。”

“朱尔真的在？”苏眉说，“想到要见他我还真的有点紧张呢。”

“有什么好紧张的？他一会儿还过来吃饭呢！”叶莎说，“等妈妈做好饭我就去叫他。你放心，他平易近人。”

可是没等叶莎去叫朱尔就自己来了，手里还提着一个油滋滋的大烤鹅。爸爸见了责怪他说："你也太见外了！"

朱尔则说："不是请你，是请莎莎的同学吃的嘛！"

"谢谢朱叔叔。"叶莎觉得朱尔挺给她面子，很高兴地对他介绍说，"这是我同学苏眉，就是很会画画也很喜欢看你的书的那个。这是我同学倪蔚佳，她唱歌可好听了。"

然后叶莎又回身指着朱尔说："这，就是大名鼎鼎的作家朱尔先生。"

"嗨！"还是倪蔚佳大方，朝他伸出手去说，"久仰大名！"朱尔乐呵呵地和她握手。苏眉则有些羞涩地站在一边，只是微微笑着。叶莎不停地拿胳膊去撞苏眉示意她开口，把苏眉搞得越发不好意思起来。

朱尔看在眼里，赶快说："苏眉啊，我常听莎莎提起你，她说你很有才啊，不仅画画得好，还发表过文学作品。对不对？"

朱尔一主动苏眉就自然起来，脸也不红了，对朱尔说："很喜欢看你的书，特别是那本《流水样的青春》，我都快翻烂了。"

"好多年前的作品了。"朱尔把头微仰起来，像是在回忆着什么的样子，然后叹息着说，"现在老喽。"

"怎么会呢？"苏眉反驳着说，"作家的心永远也不会老才对！"

倪蔚佳看看叶莎，偷偷做出个离开的表情，叶莎会意地带她进了自己的小屋。

“让他们聊去，文学这东西太深沉，我可不会聊。”门一关倪蔚佳就吐吐舌头说，“说得不好还会被他们笑话。”

叶莎拿出她跳舞的照片和奖杯给倪蔚佳看，倪蔚佳直赞叹说：“你这才叫专长啊，哪像我，说是会唱歌，一点拿得出手的成绩也没有！”又指着照片说：“叶莎你真漂亮，我要是有你一半漂亮我就不活了！”

“那还是别漂亮啦。”叶莎没好气地说，“生命多重要啊！”

“笨！不活了真正的意思就是高兴坏了！”倪蔚佳总有她自己的那一套。

“不过你可别小看自己。”叶莎说，“我要是像你一样聪明就好啦，念书也不用念得这么苦。”

“不过我这次考试成绩有进步，我妈可开心了，答应春节后带我出去看海呢。”倪蔚佳说到这里想到曾伟，真的多亏了他，不然怎么也拿不到那样的成绩。想着想着，倪蔚佳脸上止不住笑意。

叶莎看着她说：“蔚佳你在恋爱吧？”

“别瞎说呀！”倪蔚佳惊跳起来，抓起枕头就往叶莎身上扔去。

“唉，”叶莎忙躲，一边躲一边嘻笑着说，“你就是有暴力倾向，要是曾伟你舍不舍得打呀？”说完了正等着倪蔚佳更猛烈的攻势，倪蔚佳却住了手，抱着枕头对叶莎说：“说真的，莎莎，其实我也不知道这算不算恋爱。”

“一定很美好吧。”叶莎说，“我看你常常一个人不知不觉地笑呢！”

“那你喜欢过一个人吗？”倪蔚佳问道。

“没有。”叶莎歪歪头想了想，再肯定地说，“没有呢！”

“其实喜欢一个人的感觉也很好。”倪蔚佳难得抒情。

“我相信的。”叶莎的手抚过倪蔚佳的短发，“曾伟是个很优秀的男孩呢，看他跟你讲题时的认真样儿，还真让人羡慕。”

“我只怕是在做错事。”倪蔚佳气短地说。

“不像我们蔚佳啊，”叶莎半开玩笑地说，“你怕过什么呀？”

倪蔚佳冲叶莎咧嘴一笑，人又得意起来：“可不。他还说要我和他一起考北京的大学，他喜欢北京。”

“你同意了？”

“哈哈，我说我喜欢巴黎。你猜他说什么？”

“说什么？”

“他说：‘好，那我就带你去巴黎！’”倪蔚佳把头埋在枕头里闷笑起来。

“呀！”叶莎惊叫起来，“曾伟平时看上去很老实的呀，没想到也这么油腔滑调。”

“他有很可爱的一面。”倪蔚佳评价说，“要跟他熟了才看得出来！”

正说着，叶莎妈妈叫开饭了。苏眉推门来叫她们，嗔怪地说：“躲在这里说悄悄话，把我晾在一边？”

“你不是在和作家谈诗论文吗？”倪蔚佳申辩说，“我哪里敢插嘴？”

“怎么样？他跟你想象中一样吗？”叶莎悄悄问苏眉。

苏眉压低声音说：“回头再说啦。”

“怎么像相亲？”倪蔚佳总是这样，语不惊人死不休。这回轮到苏眉用枕头来打她。叶莎直摇头，说：“你们多来几次，我这小屋迟早被拆了！”

三人嘻嘻哈哈地出来吃饭，朱尔说：“小姑娘多快活，看得我这半老头子嫉妒。”叶莎爸爸则话中带话地说：“你也可以寻找你的第二个春天嘛，别那么死心眼。”自从如意走后好像从来没和朱尔说过这样的话题，妈妈直朝爸爸瞪眼。不过朱尔并不介意，也许是喝了一点酒的缘故，他那天话还特别多，说着说着还给大家讲起笑话来。

朱尔说：“期中考试之后，数学老师要发布成绩，他说：‘九十分以上和八十分以上的人数一样多；八十分以上和七十分以上的人数也一样多。’话一说完，全班一阵欢呼，一位同学追问道：‘那么……不及格的人数呢？’”

倪蔚佳嘴快：“比八十分以上和九十分以上的同学加起来还多。”

“错！”朱尔笑。

“难道没有不及格的？”倪蔚佳感到疑惑。

“也错！”朱尔回答，“不及格的人数和全班的人数一样多！没想到吧？哈哈哈……”说完自己先笑起来，像个孩子一样地开心。

苏眉附在叶莎耳边说：“他把我们当成小孩子啦。”

朱尔看见了就说：“说什么呢？可别是说我坏话！”

叶莎忙说：“哦，她说要替你去扫地、抹桌子！”

妈妈一听，说：“这是个好主意，马上就要过年了，我看你们今天就做雷锋，替朱叔叔把房间好好打扫打扫！”

“那可使不得！”朱尔直摇手，说，“可不敢劳累祖国的花朵！”

“您就别客气了。”就数倪蔚佳嘴最甜，“话又说回来，替大作家打扫房间是我们的荣幸啊！”

苏眉也看着朱尔点点头。

朱尔爽快地说：“那我就恭敬不如从命啦，回头我请你们吃‘肯德基’辣鸡翅！”

叶莎哈哈大笑说：“朱叔叔你懂得不少啊！”

“如意就喜欢吃这个。”朱尔说。提到如意的名字的时候朱尔平静极了，仿佛只是提到一个老朋友一般。叶莎却闭了嘴不再接话，因为不知道说什么才好。

朱尔家还真是够脏够乱，拐角处，窗台边，轻轻一摸就是一手灰。要不是叶莎妈妈先来指挥了一下，三个丫头还真不知如何着手。叶莎替朱尔擦电脑，键盘倒过来，里面尽是烟灰。叶莎喊

着说："朱叔叔你要少抽烟了！"朱尔负责拖地，正在院子里洗拖把，发出很大的声响，他没有听到叶莎的话。

苏眉很有经验地说："烟不能不抽，不抽烟就没有灵感。"

"可是身体最重要啊，身体是革命的本钱。"

"也是。"苏眉说。

书柜上有一张如意的照片，穿着红色的外衣，扎着小辫，笑起来要了命的甜，像一个很洋气的乡下妞。

苏眉悄悄问："如意？"

叶莎点点头，悄悄对苏眉说："以前每年春节都是如意来打扫这个屋子，一边做一边唱一首歌，那歌真好听，我就听她唱过一次，真后悔没能记住歌名。"

"你问问蔚佳。"苏眉指着正在擦窗户的倪蔚佳说，"她知道的歌多！"

倪蔚佳耳朵尖，喊着说："对呀，你随便哼两句我就知道！"

"我一点也不会，只知道那是首民歌，说是一个姑娘嫁到远方，她的恋人思念她而唱的！真是好听！"

"是《森吉德玛》吧？"朱尔拎着湿淋淋的拖把走进来，"如意那丫头就爱唱，可惜我一直找不到这首歌的CD。"

"那朱叔叔你唱吧，如意姐姐说当年你们谈恋爱的时候你老唱这歌给她听哩。"

"那是被她逼的，我五音不全，万不可在众人面前出丑的！"朱尔赶紧推辞，使劲地埋头拖起地来。

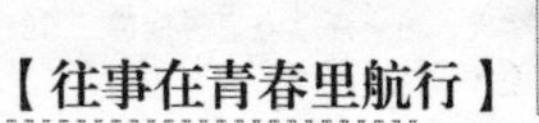

叶莎和苏眉对望一眼，苏眉耸耸肩，叶莎也不好再勉强朱尔。倪蔚佳坐在窗台上打圆场说："不急，等我学会了保证唱给你们听。"

"那今天就唱个别的？"朱尔提议。

"不不不，不唱。"倪蔚佳又扭捏起来，说什么也不愿意。

苏眉说："要不又让莎莎替你伴舞？"

"不行不行！"叶莎也扭捏起来。

苏眉骂道："你们呀，一到关键时刻就上不了台面！"

朱尔遗憾地说："看来是我没有福气喽。喜欢听音乐吗？那我放首曲子给你们听吧，一边劳动一边轻松轻松。这曲子我可喜欢了。"

朱尔说完打开了音响，音乐如细泉缓缓喷涌而出，很安静、很抒情的那种，却又极富诱惑力，一声一声地敲在心上。

朱尔问："听过吗？"

三个女孩都摇摇头。

"这曲子太老了，叫做Sailing，航行。"朱尔笑笑说，"你们一定不喜欢，你们喜欢的都是流行歌曲吧。"

"不是啊，"叶莎说，"很好听的！"

"如意还为这曲子配过一首诗呢！"朱尔打开抽屉，很快就取出一张精致的信笺，上面是如意清秀隽永的字体。叶莎接过，大家都凑过来看。

如意的诗是这样的：

万物在春天航行

且看

绿访问了街

雨花访问了大地

爱情访问了白衣少女

红玫瑰访问了风的眼睛

这是人间四月天

一切都醉

都美

我让笑容

模仿四月的蓓蕾

让心情

模仿春日的天空

我让我的步伐

模仿一排不安分的音符

让我的恋情

模仿所有

不知疲倦的飞鸟

我是不是

早也醉了

四月

且看万物在春天航行

而有了你的宠爱

我是大自然

最光彩夺目的孩子

一个纤尘未染的许诺

如果生命是船

就让我跟着你航行

那么即便狂风骤雨

我也无所畏惧

只因为

四月的晴天

连疼痛

也会变成陶醉

……

看完，叶莎由衷地说：“写得真好。”

苏眉也点头说：“她真是个才女。可惜……”

倪蔚佳在一旁咳嗽，示意她们不要再说下去。朱尔摇摇头表示不介意，叶莎就大胆地问了她一直想问的问题：“朱叔叔，你想如意姐姐吗？”

“想啊！”朱尔笑笑说，“所幸还有美好的回忆。不说喽，大家干活吧，让音乐陪我们在灰尘中航行！”

几个人忙了两三个小时，朱尔的家总算有了点家的样子。叶

莎替两个好友倒茶，不好意思地说："今天本来请你们来玩，谁知道让你们做了钟点工。"

"一家人不说两家话！"倪蔚佳豪气地将杯中茶一饮而尽，对着朱尔说，"我们和叶莎好得像一个人，她的事就是我们的事！"

"哦，原来不是看我的面子？"朱尔调笑说，"我还以为我面子比天大呢！"

叶莎说："当然是你面子大，不然她们怎么不替我家做清洁去？我家的窗户也要人擦呢！"

"留着我去擦！"朱尔说，"回头好再蹭顿饭吃！"

"这种事岂能劳你大作家动手。"叶莎说，"你还是多写点好书吧，我们都等着看呢！"

"行！"朱尔爽快地说，"莎莎说了算！"

送走两位好友已是黄昏。叶莎经过朱尔的家，忍不住又按响了他的门铃。

朱尔开门见了，说："哦，莎莎，忘了东西了？"

"来谢谢你。"叶莎说，"我的朋友都说你很好，没有大作家的架子。我们今天没有耽误你吧？"

"看你说的！"朱尔说，"我家现在窗明几净地迎新年，我感激你们还来不及呢？"

"那就好！"叶莎说，"朱叔叔你晚上也别做饭了，中午还剩那么多菜，我让妈妈热了送过来给你，老吃方便面没有营养的。"

"又跟我讲营养？"朱尔说，"一讲营养我就头疼！"

“为什么？”叶莎紧张地说。

“因为我总过不了关啊！”朱尔说，“快回家复习吧，今天我才是耽误你们的学业了，一定记得请你们吃辣鸡翅！”

暮色里朱尔的眼睛显得很亮，他的身后依稀传来的依然是《Sailing》的旋律。叶莎已听得有些熟了，更觉出曲子里的那份意味来，人就有些怔忡。

朱尔问：“怎么了？”

“没什么。”叶莎赶紧说，“朱叔叔再见。”

回到自己的小屋，叶莎想起倪蔚佳问她有没有过喜欢一个人的感觉，心就往下掉。

她好像真的有了喜欢一个人的感觉，但是不可以的，怎么可以呢？叶莎命令自己不能再往下想，这样的想象让她有深深的犯罪感。

新年的气氛一天浓似一天。朱尔没有在这里过年，去了北方他亲戚家。

叶莎逛街的时候，无意中买到了上次朱尔说的那首叫《森吉德玛》的歌，在一张民歌CD上，是广乐交响乐团弦乐四重奏和一个叫青燕子的少女演唱组合作的。有了这张CD，好像就有了等待朱尔回来的理由。学习累了的时候，叶莎就会拿出它来听一听，想象着朱尔拿到这张CD并细细聆听的样子。那领唱的女声像极了如意，叶莎又有些担心他听了会受不了。她当然希望朱尔开心，

而不是伤感。

或者，会偷偷看看朱尔送给她的那本书，在朱尔的文字里，叶莎寻找到了自己已经长大和成熟的依据。也许还有那么一点点的不确定，却已经是那么逼近和真实。

朱尔回来的时候已是快开学了，他给叶莎全家都带了礼物，给叶莎的是价格不菲的学生电子辞典，搞得叶莎妈妈很不好意思。朱尔则说："小小心意。我住在这里全靠你们照顾，不然日子真是东倒西歪！"

叶莎没有当着爸爸妈妈的面把那张CD给朱尔。傍晚的时候，她找了一个借口独自到了朱尔家。朱尔正在电脑面前聊天，很开心的样子。叶莎把那张CD递过去，说："朱叔叔放第三首试试？"

"好听的歌还是曲子？"朱尔问。

叶莎抿着嘴笑，不吱声。

朱尔有点疑惑地把CD放进音响，只一会儿，少女的声音便如月光一样倾泻在整个房间里。朱尔惊喜地看着叶莎说："哪里弄来的？"

"碰巧遇到的，我就知道你会喜欢。"叶莎低声说。

"莎莎真有心，要开学了吧？"

"是的，"叶莎看看电脑说，"朱叔叔你在聊天吗？"

"对。"朱尔说，"一家出版社邀请我写一部跟网络有关的小说，我得好好体验体验。不如你坐下看我聊会。"

叶莎便端了凳子在他身边坐下来。朱尔点了一根烟，想了想，又掐灭了说：“莎莎一定怕熏吧，我还是忍着点。”叶莎感激地笑了。青燕子演唱组还在若有若无地唱着，她们的声音真是干净。叶莎就在那样的歌声里看着朱尔的手指在键盘上灵巧地跳动。这还是她第一次看人在网上聊天，觉得有意思极了。

朱尔的网名果真叫“猜猜猜”。他在那个聊天室里人缘极好，个个都来跟他打招呼，他忙得是不亦乐乎。朱尔聊起天来幽默诙谐，妙语连珠，常常把人笑翻过去。

叶莎问道：“朱叔叔，他们知道你是谁吗？”

“不知道。”朱尔摇摇头说：“在网络中，谁也不知道对方是谁，也无须知道是谁，名字只是代号，代表你一时的心情，换一个名字就可以换一回活法。在生活中很复杂很难的事在网络中可以变得很简单。”

“我们老师说网上都是骗子，男男女女不分的。”

“那他是吓你们，”朱尔说，“真正上网的人不介意这个。”

“那人在网上和网下是一样的吗？”

“想一样时就一样，想不一样时就不一样。对于成人来说，这是完全可以控制的，在这个虚拟的世界里，你可以有更为自由的空间。当然对于孩子们来说，判断力会差一些，所以才会被反对上网。”

叶莎似懂非懂地摇摇头。

朱尔停下打字的手，看着叶莎说：“不会认为我讲得太玄乎？”

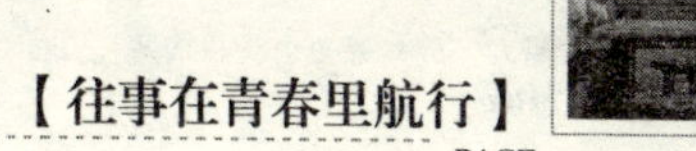

“不会。”叶莎真心地说，“和你聊天很有意思的。”

朱尔哈哈笑了，说：“还都这么说。”

他笑起来，很自信的样子。

屋里的灯光有些昏暗，青燕子还在唱，只是换了一首歌：“山青水秀太阳高，好呀嘛好风光。小小船儿撑过来，它一路摇啊摇……”朱尔好像心情很不错，跟着轻轻地哼起来。

叶莎从侧面看过去，觉得他长得也挺好看的，有很挺的鼻梁、很深邃的眼神。他又不知不觉地吸起烟来，烟雾袅袅中叶莎慌乱地低下头去。

春天到来的时候最开心的事就是到郊外写生

看天蓝得像一块巨大而透明的玻璃

看风筝一只只在微醉的风里摇曳

看油菜花扯起一片呼呼啦啦的黄

看远远的柳似顶着一阵若有若无的烟

看陈歌在自己的前面奔跑

听他喊　妹妹快点　前面是就最好的风景

爱上你，就是离开你

一年四季中，苏眉最钟意的就是春天。

春天到来的时候最开心的事就是到郊外写生，看天蓝得像一块巨大而透明的玻璃，看风筝一只只在微醉的风里摇曳，看油菜花扯起一片呼呼啦啦的黄，看远远的柳似顶着一阵若有若无的烟，看陈歌在自己的前面奔跑，听他喊："妹妹快点，前面就是最好的风景！"

而自己在脸上挂了浅浅的笑，穿了大摆的布花裙在后面不急不缓地走。那是上学时绝对不敢穿的服饰，胸前还可以有一些装饰的挂件，头发也可以顺肩披下来，一任少女的心情被风吹起温柔的涟漪，她心里羞羞地暗想：如果陈歌回头，会发现最美的风景其实应该在身后才对。

只是今年的春天显得落寞了。没有人向她发出邀请。妈妈也说："该收收心了。考上大学想怎么玩就怎么玩！"

于是很多的黑夜和星期日，苏眉都是坐在那张很大的书桌前埋头看书。桌上的书越堆越多，各种各样的参考题层层地叠在上面。看到头痛，抬起头来瞄一眼陈歌为她画的那幅画，再低下头接着看。

苏眉知道只有读书才能让自己远走高飞，离开这个城市，到一个没有他的地方，重新开始。她在书上看到，心思细腻的女孩注定比别人成长得艰难一些，她有些恨自己的细腻，又有些庆幸，但更多的是无所适从。无所适从的时候苏眉喜欢看朱尔的那本《流水样的青春》，那时的朱尔和现在是绝对不同的，相比之下，苏眉更喜欢他早期的作品，利落而流畅。

托叶莎的福，见过朱尔了。虽然朱尔不像她想象中的那么忧郁，高兴起来话还挺多，但苏眉还是觉得朱尔的气质更接近于诗人，不说话的时候，带点懒散的无奈，重重的心事像一本读不完的书，捉摸不透。不像陈歌，陈歌是永远属于阳光下的那种男生，就算是他到了朱尔这个年纪，也应该是开朗明亮的那种。

相比之下，苏眉更喜欢开朗明亮的男生。陈歌走到哪里，都是大家注目的焦点，却又丝毫不造作，与他交往放心坦然。

那个叫雪薇的女孩真有福气。

因为学习紧张的缘故，苏眉也少有提笔画画了，少了画笔的春天，自然也少了许多的妩媚动人。不过，这个春天也有非比寻常的事发生，那就是眼睁睁地看着好友倪蔚佳恋爱了。

倪蔚佳和尖子生曾伟的恋爱在全班乃至全校引起了轩然大波。大家都说是倪蔚佳“带坏”了曾伟，让曾伟一时间“鬼迷了心窍”。其实苏眉和叶莎都知道在这件事里曾伟没少占主动。

倪蔚佳三番五次被老黑请进办公室，都是大义凛然地去，再大义凛然地回来。倪蔚佳胆子大,苏眉一直知道，却没想到她胆大到如此的地步。苏眉曾目睹过倪蔚佳和曾伟在一起，在黄昏校园的角落里，手牵一会儿放一会儿，犹如电影里地下党接头。一开始还对爱懵懵懂懂的倪蔚佳仿佛在一夜之间洞彻爱情的真谛，还在精美的信纸上抄录了歌词要送给曾伟。送之前免不了给苏眉和叶莎看，让她们分享她甜蜜的心事，苏眉拍着她的脑袋说："少肉麻。"

倪蔚佳红着脸笑："嘿嘿，他对我那么好，总想回报他点什么！"

"怎么个好法？"苏眉好奇地问。

"说不上来，反正就是好！"

"那岂不是白对你好了？"叶莎笑道。

"送歌词俗了点，不如写首散文诗！"苏眉建议说。

倪蔚佳瞪大了眼："你以为人人都可以像你那样出口成章？要我自己写散文诗，不如要了我的命！再说那些东西我自己也读不懂！"

"现在肯定懂了，"叶莎说，"你现在不比以往，领悟力会强许多啊！"

"取笑我？我现在是人人得而诛之，你们俩可别再伤我的心！"倪蔚佳做出一副可怜巴巴的委屈状。

"谁让你让我们的尖子生跟你一起往火坑里跳？"苏眉开玩笑。

倪蔚佳脸一板，说："怎么这样说话呢？可不是我拿刀子逼着他的呀！”说完从苏眉手里把信纸一抽就扭头跑掉了，头也不回。

叶莎冲苏眉一扬眉做个无奈的表情，赶紧追过去哄她。

苏眉心想，这爱情真不知是好是坏，倪蔚佳是多大度的女生呀，以前怎么跟她开玩笑她也面不改色心不跳，泰山压顶不弯腰，现在却动不动就使起小性子来，呵呵。

不过有时候，苏眉也挺羡慕倪蔚佳，在年轻的时候，可以碰到喜欢自己的人，轰轰轰烈烈地爱一场，就算是错，也该错得很美。

只是苏眉无缘碰到。

星期天。

难得妈妈有闲心收拾屋子，她在苏眉的书堆里发现了那本朱尔写的《春天走不远》，皱着眉头翻了翻，问苏眉说：“你在看这种书？”

“是朱尔送我的呢，”苏眉说，“我不是早告诉你他是叶莎的邻居？”

“你们上次见面都说些什么？”妈妈紧张地盯着苏眉，像审犯人一般。苏眉最不喜欢妈妈这一点，平时没空管自己，一管起来，你就是没错她也会让你觉得有错。

“都是些无关紧要的话，哪里还记得？”苏眉头也不抬地翻着政治书，“不过到底是作家，说起话来蛮有意思的。”

“什么叫蛮有意思的？”妈妈沉着脸，扔下手里的活儿，坐到苏眉的小床上认真地研究起那本书来。看着看着，妈妈就站了

起来，把手里的书页翻得噼呖啪啦响，说："这书你看过？"

"有空的时候翻了翻。"苏眉抬起头来看着妈妈说，"怎么了？这书写得挺好的啊！是朱尔和她女朋友之间真正的故事呢！"

"以后这种书不许看！"妈妈正儿八经地说，"看多了思想非出岔子不可，女孩十六七岁，千万不能有闪失，不然一辈子就完了！"

"妈妈你说什么呢？"苏眉嫌妈妈说得离谱，不高兴地说，"我们班看言情小说的多着呢，哪有你说的那么严重？"

"不听大人言，吃亏在眼前！别人怎么做我不管，反正就是不许你看！"妈妈一面说一面拿眼睛瞟着苏眉的书架，再伸出手去拨拉拨拉，像是要抓住苏眉更多的把柄一般。苏眉觉得妈妈不信任她，心里堵得慌，却又不好跟她再争辩。苏眉知道妈妈这个人，领导做惯了，由不得你跟她有不一样的想法，说什么也要把你说服为止。

对付她，惟一的办法就是沉默。

果不其然，妈妈见苏眉低头看书，便拿了抹布去了别的屋子，当然顺手也拿走了朱尔的那本小说。

就在这个时候，门铃响了，进来的是陈歌和她的女朋友雪薇。陈歌早就说过要带女朋友来见妈妈，妈妈显得很高兴，高声地叫苏眉出来泡茶招呼客人。

听到陈歌的声音，苏眉的心里咯噔了一下，不过很快又恢复了平静。当她从房间里走出来时，陈歌有些惊异地说："妹妹你怎么越发地瘦了？学习不要太拼命啊！”

雪薇走上前来，很亲昵地捏她的脸蛋一下，扭头对陈歌说：“你就不知道了吧，现在排骨美人不知道有多流行！”

“还流行呢！”妈妈接嘴说，“学生最好离流行远点，她现在还是老老实实地念书让我放心一些。”

“难道你的意思是我现在没有老老实实地念书？”苏眉不服地问。

“有没有你自己知道！”看来为了朱尔的那本书，妈妈心里还在耿耿于怀。

“我当然知道。”苏眉低声地顶嘴。

“阿姨，”陈歌见她们母女有些僵，赶紧插话说，“雪薇敬仰您已久，早就说要来拜见您，一直到今天才有空！”

妈妈看着雪薇，笑吟吟地说：“听说你开了间画廊，生意还不错？”

“混口饭吃。”雪薇谦虚地说，“我不会做生意，这一点还要向阿姨多多讨教！”

“其实啊，女孩子有自己的事业就很不错了。而且我相信陈歌的眼光，他看中的人不会有错的！”妈妈很欣赏地看着雪薇，慢条斯理地说。可是苏眉觉得妈妈假假的，要是自己像雪薇这样，她保证不满意。

“阿姨打算让妹妹考美院吗？”陈歌问。

“随她自己。”妈妈很大度地说，“我不管她。”

“你说话算数？”苏眉抓住妈妈小辫子，“那我就考陈歌他们学校好了。”

“你自己的前途当然要自己算计着。”妈妈话中带话，“反正你不能靠我一辈子，整天糊里糊涂的，将来吃亏的是你自己！”

苏眉被妈妈说得脸上有些挂不住，特别是妈妈当着陈歌和雪薇的面说更让她无法接受，好像她做了什么见不得人的事。不就是朱尔的那本书吗？苏眉心酸地想，妈妈怎么可以这样？一点面子也不给自己。她可不想在客人面前和妈妈斗嘴，于是腾地站起身来，进了自己的小房间。

她听见妈妈在身后对他们说：“别理她，由她去。这阵子也不知道她脑子里在想些什么！让她自己反省反省去。”

但是不一会儿陈歌就进来了，苏眉听到他把门轻轻地带起来的声音，还有他那熟悉的脚步声。还记得以前一个人在家的时候，不知道从哪一天起，苏眉突然不再喜欢看电视了，而是喜欢静静地听楼道里传来的脚步声。陈歌的脚步是很有力、很跳跃的那种，很容易就可以听出来。那种等待虽然漫长却无比值得，因为对苏眉来说，陈歌一来就代表着寂寞的结束和快乐的开始。

只是那些日子远了，远到苏眉拼命地伸手也无法触及。今天，陈歌的脚步很轻，他一直走到正在佯装看书其实眼泪一碰就要掉下来的苏眉后面，很亲切地说道：“现在难得见你，可别又哭给我看，拜托！”

苏眉不能说话，一说话就真的要哭了。

"怎么了？还在为爸爸的事不开心？"陈歌问，"你见过他的事，你妈妈知道吗？"

苏眉听不得陈歌这么关切地跟自己说话，眼泪终于忍不住地掉了下来。

"唉！"陈歌说，"怎么又像小时候，动不动就哭鼻子？快擦干，我和雪薇陪你出去散散心。"

"不去了。"苏眉这才想起雪薇还在，赶紧说，"你快出去陪雪薇吧，她还是第一次上我家来呢！"

"那你就别哭了。"陈歌说，"不然我们都不开心的。"

"我觉得我妈妈不信任我。"苏眉叹息说，"其实从小到大，我都尽量去做让她满意的事，可是稍有一点做法她不赞同，就对我横加指责，我有时真受不了她的脾气。"

"是你多虑了，你妈妈说你最近情绪不稳定，我看你可能是学习压力太重的缘故。放松放松就没事了。"

"嗯。"苏眉不想陈歌担心，硬挤出一个笑来。

"那我们出去写生吧，南郊风景不错，还可以烧烤！"陈歌提议说。

苏眉摇摇头说："你还是和雪薇去吧，跟着一个老哭丧着脸的我多扫兴啊！"

"看你说的！跟我们在一起你还会不开心？不过，"陈歌看着苏眉说，"可以告诉我什么事不开心吗？还是你爸爸那事？"

"我不想说。"苏眉直截了当。

陈歌笑了，“一夜之间长大了，有了秘密了？以前你不是芝麻绿豆大的小事都跟我讲？”

苏眉想，真的是的。和陈歌之间，曾经有太多无所不谈的日子。每次都是一边学画，一边跟他讲班上的新鲜事，可以滔滔不绝、口若悬河，直到陈歌说：“停！停！画画不专心可画不好！”

于是才住嘴，笑呵呵地看一眼陈歌，听他骂自己说：“竹筒倒豆子。”

其实苏眉的话并不多，除了跟两个好友，话说得最多的时候就是在陈歌面前。苏眉很想对陈歌说“如果你想听，我还是可以像以前那样不停地说”，但是她没有说出口，她知道陈歌不会再有精力和时间听她唠叨一些小女孩的快乐和悲伤。

“没事了。”陈歌拍拍她的肩说，“母女哪有隔夜仇？你妈妈也不容易，总之她是为你好，有时处理的方式不正确，你让着她点？”

“好。”苏眉点头。

“乖！”陈歌说，“这就对了。”

那天陈歌他们走后苏眉跟妈妈也没有多话，她一直在看书。三月的天像娃娃的脸，白天还挺热的，到了晚上却凉了。妈妈推门进来嘱咐她多穿一件衣服。苏眉应了一声，不过没有回头。她听到妈妈为自己带上了门，还有一声轻轻的叹息，心缩了一下，还是没有回头。

那一夜睡得很不踏实。第二天一早醒来，苏眉发现自己头晕晕的，照照镜子，脸红得也不正常。也许是晚上凉到了，有些感冒吧。不过她照样刷牙洗脸，没有声张。

妈妈把早饭端到她面前，苏眉摇摇头说不饿。

妈妈有点不高兴地说："你这孩子气量怎么这么小？还不能说你两句了？"

大清早的，苏眉不想跟妈妈闹别扭，她背上书包，说："是真的不想吃，再说我也来不及了。妈妈，我先上学去了。"

妈妈坐在餐椅上，没有回话。

苏眉骑着自行车上学，头越发地晕起来，眼前的景物也晃悠晃悠的，有些看不清。好不容易到了学校，在操场上碰到叶莎，叶莎吃惊地看着她说："眉眉你脸色怎么这么难看？你没事吧？"

"没事。"苏眉强撑着说。

叶莎伸手来牵她，刚一握到她的手就低声叫起来："天，你在发烧。"

"不会吧。"苏眉说，"哪有这么严重？"

实际上是很严重，早读课的时候苏眉就已经撑不住了。人趴在课桌上，头也抬不起来，昏昏沉沉的样子。

没一会儿老黑进了教室，第一堂是他的语文课，看了看苏眉的样子，他当机立断地说："你回家休息！不行就让你妈妈送你到医院看看。"完了又对着大家朗声问道："谁送？"

"我！"倪蔚佳第一个举手，"我车技好。"

“好吧，”老黑一挥手说，“快去快回。”

倪蔚佳送苏眉到她家楼下，细心地扶苏眉下来，问她说：“阿眉眉行吗？要是不行，咱们还是上医院！”

苏眉说：“行。别送我上楼了，你快回去上课吧，耽误了太多可不好。”

“咱俩谁跟谁呀！”倪蔚佳把车替她放到车库里，钥匙送到她手里，说，“真不要我送你上楼？”

“真不用。”苏眉说，“我就是头有点晕，回家睡一觉就好了。”

“那我就不送了。”倪蔚佳说，“不行就打电话让你妈妈陪你去医院挂水，挂水好得快。”

“知道啦。”苏眉说，“倪蔚佳你就像个老太太。”

倪蔚佳笑笑，跳上她的车，很快就消失在苏眉的视线里。

苏眉独自上了楼，用钥匙开了门。刚进门就听到家里好像有什么响动，苏眉脑子里第一个意识是来了小偷。正想喊叫，却见自己的房间里走出来一个人，不是别人，是妈妈。

妈妈没有去上班，她在苏眉的房间里。走出来的时候，她手里拿着的，是苏眉那本蓝色的日记。

也许是没想到苏眉会突然回家，妈妈也显得分外吃惊。她拿着日记的手想缩到后面，但最终没有动。她声音硬硬地问苏眉说：“你怎么回来了？不上课？”

妈妈逆光站着，苏眉看不清她的脸。她用一种陌生的眼光，死死地盯着妈妈。等她确认妈妈手里拿的是她的日记本以后，苏眉本就晕晕的脑子里一阵嗡嗡乱响。然后，一句话没说，她就软软地倒下了。

等苏眉醒来的时候，她是躺在医院的病床上。

妈妈就坐在床边，看到她醒来，惊喜地说："醒了？可把妈妈吓坏了！"

苏眉别过了头去。

妈妈叹息地说："眉眉，我知道你恨妈妈，但是你要相信一点，无论妈妈做什么，初衷都是为了你好。"

苏眉还是不说话。

"我会去跟陈歌说，你们以后不会再见面的。慢慢地，这件事情就会过去了。妈妈帮你一起走出来？"

"你跟陈歌说什么？"苏眉扭过头来，吃惊地看着妈妈。

"你放心，我知道该怎么说。"妈妈解释说，"眉眉，以后有什么事你一定要第一个告诉妈妈。我就是觉得你最近有些不对头，可是你老是不告诉我，我是逼不得已才做出看你日记的事情的。我真没想到你会有那么多的心事，更没想到你那混账爸爸回来看过你。如果你让妈妈知道，妈妈还能不帮助你？"

"你要是去找陈歌，"苏眉斩钉截铁地说，"我就自杀给你看！"

"你知不知道你在说什么？"妈妈吓了一大跳，"你怎么可以这么胡说？"

“不是胡说。”苏眉说，“你要是告诉陈歌，我就从这楼上跳下去！我说到做到！你要是不信可以试试！”

妈妈惊愕地看着苏眉，一句话也说不出来。

苏眉觉得自己对妈妈无法做到原谅。那是少女时代最珍贵的东西，就连对叶莎和倪蔚佳，苏眉也从来未曾提及。可是，妈妈就这样无视自己的尊严和人格，轻而易举地将它破坏，叫苏眉如何能释怀?

尽管话说得很绝，苏眉对妈妈还是不放心。她很怕妈妈会去找陈歌，没准还会以为陈歌对她说了什么不该说的话或者做了什么不该做的事。按妈妈的脾气，一定会这么做的。苏眉真的不希望陈歌知道她的想法，如果真的要知道，也要自己告诉他才好。

真是那样的话，苏眉想，自己以后也不会再见陈歌了。

医生说要在医院留院观察一天。妈妈的手机响个不停，但是她都没有接，只是坐在床边，用忧郁的眼光看着苏眉。苏眉被她看得受不了，说：“你忙你单位的事情去吧，别管我了。”

“你是我女儿，我怎么可能不管你？”妈妈说。

“不是你这样的管法。”苏眉打击她。

“我承认以前对你管得太少，是妈妈的错，不然你也不会像今天这个样子。”妈妈疲惫地说，“都是妈妈的错。”

“你别这样，我并不觉得我今天的样子有什么不好。”苏眉说。

“你那些稀奇古怪的想法都是从哪里来的？”

“一点也不稀奇，”苏眉说，“难道你没有过十六七岁吗？再说，只是想法而已，我没有做过任何坏事。”

“道理倒是挺多。”因为日记的事，妈妈总归气短，也不像平时那样咄咄逼人。

“忙你的事情去吧，”苏眉也想一个人静静，说，“明天来接我出院就行了。”

“好吧，”妈妈说，“晚上我再来陪你。不过别再说什么自杀的话来吓我，命就那么不值钱？”

“希望你尊重我的意见。”苏眉说。

妈妈看苏眉一眼，没说什么就拎了包走了。苏眉躺在病床上，想到妈妈是怎样一页一页地翻过那个蓝色的本子，又是如何一个字一个字慢慢地推敲它，心里像有一把钝钝的刀在来来回回地割着。大人们都是这样，以爱来作为做一切事情的理由，苏眉想如果有一天自己有了一个女儿，她绝对不会这样对她，一定会做她的朋友和知已，让她在最宽松的环境里拥有许多美妙的好心情，自由自在地长大。

那晚苏眉一直让妈妈回家睡，可是妈妈不肯，支了个行军床睡在苏眉边上。她好像一夜也没有睡好，辗转反侧，床一直嘎吱嘎吱地响。苏眉有点心疼，却还是有些恨她。身体虽然好多了，但爱恨交织的苏眉几乎也是度过了一个不眠之夜。

第二天一早妈妈把她送回家，嘱咐她下午再去上学。

“反正都耽误了，”妈妈说，“完全好了再冲刺，可以补回

来的。要是骑不动车就打的，别硬撑。”

“你放心上班吧，”苏眉说，“我会照顾好自己的。”

妈妈走后苏眉就进了自己的房间。打开抽屉，日记本好好地放在原处。如果那天苏眉没有回家，她想，一切她都会不知道。她还真的宁愿自己不知道，心里就不会这么疙疙瘩瘩地难受了。

轻轻地抚摸着日记的封面，苏眉的心里漫过一波又一波的忧伤。想了想，她终于做了这两天来一直想做的事：拨通了陈歌的手机。

苏眉知道就算妈妈不跟陈歌讲起这事，从今以后，妈妈也一定会千方百计地阻止自己跟陈歌见面。所以，还是由自己来了断这一切吧。

幸运的是陈歌没有课，手机开着。听到苏眉的声音，吃惊地说：“妹妹你怎么会在家里？”

“我生病了，昨晚在医院里。”

“啊？”陈歌说，“现在怎么样了？”

“出院了，没事了。陈歌你能来看看我吗？”

“当然。”陈歌说，“我这就到！”

苏眉说：“你一个人来，可以吗？”

“你怎么了？”陈歌在那边警觉地问道，“没出什么事情吧？”

“快来吧。”苏眉说，“我等你。”说完苏眉就挂断了电话。

带着忐忑不安的心情等陈歌的到来。心里一遍一遍捉摸着见了他该怎样开口，该说的话在心里一次一次地演习，生怕到时候有哪一句说得不好、不到位让陈歌误解。

真的要告诉陈歌吗？苏眉一次一次地问自己，答案都是肯定的。她被自己的任性吓了一下，不过很快又恢复了镇定。不是自己的错，苏眉对自己说，是被妈妈逼到这一步的。而且只有这样，事情才能得到解决。

陈歌果然来得快，门一开，就紧张地问苏眉说："怎么回事？又跟你妈妈吵架了？"

"没吵。"苏眉低着头说。

"为什么住院？"陈歌走过来，把手放到她额头上，说，"生病了？"

苏眉一把拂开他的手，头歪了过去。

陈歌说："我的老天，你可别再哭了，有什么事跟大哥说！"

"陈歌。"苏眉转过头来，勇敢地看着他，说道，"我爱上你了。"其实这不是苏眉心里想好的台词，但是当陈歌站到她面前的时候，那些想好的长长的句子突然都变得非常多余。

就这一句足矣。

苏眉看到陈歌的眉毛动了一下。

"从我十二岁那年开始，我就爱上你了。"苏眉把脸埋在手掌心里。

"妹妹……"陈歌欲言又止。

“你不用说，听我说好啦。”苏眉接着讲，“本来你可以一辈子不用知道，但是，我没想到的是，我妈妈偷看了我的日记。我想如果由她来向你说，不如让我自己来说。你知道就好了，从今以后，我不会再见你。”

“说什么呢？”陈歌说，“有这么严重？”

“难道你也不了解我？”苏眉一直都没有哭，她觉得自己今天表现得坚强极了，坚强得让自己都有些不相信。

“我永远是你的大哥。”陈歌说，“这是我的承诺，一生也不会变的。”

“但是我要忘了你。”苏眉说，“如果不能把你藏在心里，惟一的选择就是要忘了你。”

“你还是个孩子，不知道自己在说什么。”陈歌替苏眉倒杯水，说，“养好病，回学校上课才是正事。”

“我知道自己在说什么。”苏眉走回自己的房间，拿出几本蓝色的日记本，递给陈歌，说，“本来我想烧了它们，但是又有些舍不得，给你留个纪念吧。从今以后，我们不要再见面了。”

“你自己留着。”陈歌说，“我不会看的，日记是完全属于你自己的东西。你别冲动，我想你妈妈也是迫不得已。怎么说她也是想为你好才这么做的。”

“如果你不想看，”苏眉说，“那我现在就烧！”

苏眉说完就往厨房里冲。

陈歌一把拖住她，说：“你不要这么任性，好不好？”

“那你要我怎么办？！”苏眉终于在一瞬间泪如雨下，冲着陈歌喊道：“她看了我一生中最宝贵的东西，我差点想自杀，你知不知道？”

“别这样！”陈歌替苏眉擦泪，轻轻地拍着她的背说，“会过去的，慢慢地你就会忘了这事。”

苏眉在陈歌的轻拍下安定下来，靠在陈歌怀里，低声地说：“当我躺在医院里的时候，我真的以为我快死了。”

“不会的。”陈歌说，“有什么事还有我在呢，我不会丢下你不管的。”

“可是你不能爱我。”苏眉从他身边离开，抱着日记坐到沙发上，“我想我们以后还是不要见面的好。”

“这是两回事。”陈歌说。

“对我来说是一回事！”苏眉固执地说，“而且我想，妈妈迟早也会对你提出这样的要求的。”

“我不会被任何人左右，我是成人了，不需要别人教我如何去做。”陈歌用命令的口吻说，“你去洗个脸，我带你吃午饭，再送你上学！”

“你走吧，”苏眉说，“我会照顾好我自己。”

“听话。”陈歌坐到她身边说，“别让大哥担心，好不好？”

“你别对我这么好！”苏眉说，“你存心让我难过！”

“是你存心让我难过。”陈歌说，“你知道吗？我一直都荣幸，有你这样一个又聪慧又有灵气的妹妹。不要说永远不见面之

类的话，对于我来说，你非常地重要。”

“可是……”

陈歌打断苏眉说：“你别管别人会怎么想、怎么说，答应我，快乐一点，考个好大学，让我安心。这一段小插曲，我保证你会忘了它。”

苏眉看着陈歌，终于点了点头。

曾伟就坐在那个亭子里一边看书一边等她

见了倪蔚佳

抬起手来向她打招呼

倪蔚佳走近了

靠在亭边的木柱上不说话

期待一次掌声响起

这是倪蔚佳和老黑之间的第N次交锋。

在这之前，曾伟刚从他的办公室出来，对着倪蔚佳做了一个“在老地方等你”的口型，就匆匆地走掉了。

倪蔚佳其实有些怕老黑，老黑说起话来有时一点面子也不给你，每次跟他对话都得提起十二万分的精神。最重要的是，倪蔚佳今天心虚。

因为就在今天中午，她和曾伟之间发生了一些不该发生的事情。

那时是在曾伟家里，两人刚刚一起做完一张英语试卷，曾伟说我们休息一会吧。倪蔚佳一直在想，当曾伟的手从她的腰上环过来的时候，她就应该当机立断地推开他。如果那样，后面的事就不会再发生了，自己就不会在英语课上老师让她读课文的时候人都站起来了才发现手里是一本语文书。

当然，也不会再次被老黑请进办公室。

真不是一般的神情恍惚。

这一切都怪曾伟。

在倪蔚佳毫无心理准备的情况下，他居然吻了她。

而且，最重要的是，那不是倪蔚佳想象中的美妙感觉。当曾伟将脸慢慢压过来，将唇笨拙地放到她的唇边的时候，倪蔚佳的第一感觉除了慌乱之外竟是很肮脏。曾伟的嘴里有种小男生的涩涩的味道，慢慢地凑过来让倪蔚佳有些说不出的恶心。倪蔚佳一直都想推开他，可是曾伟力大无穷，抱着她不放，让她毫无办法。倪蔚佳后来想，曾伟应该是蓄谋已久的，而自己就那样傻傻地跌入了他的圈套。

这真是一个漫长而无奈的吻，倪蔚佳的初吻。等她终于摆脱曾伟，喘着气坐到地板上时，倪蔚佳有些恨恨地说："曾伟你就像个小混混。"

曾伟呵呵地傻笑了两声。

"是你把我带坏的，可是全世界都说是我带坏了你！"

曾伟又呵呵地傻笑了两声。

"你再笑，"倪蔚佳说，"你再笑，我把你扔到窗外去！"

"来吧！"曾伟又张开双臂。

"呸！"倪蔚佳站起身来奔到厨房里，拼命地喝了几大口水，想了想又拼命地往外吐水。吐得差不多了，倪蔚佳拿起书包就往门外走。

曾伟在身后喊："喂！"

倪蔚佳没有回头。

曾伟又喊："喂喂！"

倪蔚佳这才回头说："什么？"

“路上慢点啊，”曾伟嘻皮笑脸地说，“我一会儿就到！”

真是可恨啊，倪蔚佳轻轻推开老黑办公室的门的时候又想到了中午的那一幕，想到自己拿起一本语文书站起来时那种傻傻的样子，想起英语老师惊讶的口吻和全班一塌糊涂的笑声，还有曾伟当时僵硬的背影。最主要的是，还不知道老黑会怎么样来损自己。

恨曾伟，恨死他了。

老黑在倪蔚佳的面前点燃了一根烟，说：“今天我话不多，你耐心点。”

“您尽管说，我听着。”倪蔚佳看着自己的脚尖。

“能听得进去吗？”老黑笑着问。倪蔚佳觉得他笑起来真是阴险，刮得铁青的络腮胡子一动一动的。他一点也不像个老师，倒像极了香港电影里的反派角色。

“其实您无需多费唇舌。”倪蔚佳说，“我都知道您要说什么。”

“那看来是我多事了？”老黑看着倪蔚佳，眼光锐利。

“可不敢这么说。”倪蔚佳低声回嘴。

“那我就开始说了。”老黑灭了烟，干咳两声，说，“第一，不许再在校园里做出任何亲热的举动。第二，放学后不许一起出没于其他公共场所。第三，不能因为恋爱影响到彼此的学习和生活。”

“你跟他说过这些吗？”倪蔚佳问道。

“当然。”老黑说，“我想他的胆子可能没你大，管住你就是管住了他。”

老黑的话让倪蔚佳的心里多少有一些不舒坦，不过她没有申辩。记得苏眉曾对她说过，爱情是要受委屈的，为了曾伟，她还是愿意受这点委屈。

老黑又说：“曾伟的妈妈知道了这件事，她来找我说想见你，我没有答应她。”

“见好了，”倪蔚佳嘴硬说，“有什么好怕的？”

“我不希望这件事情再闹大，”老黑说，“可否让我这个班主任做得舒心点？再说，你们何必老让别人看笑话，对不？”

老黑这话说到倪蔚佳心里去，她觉得老黑也是为了他们好。倪蔚佳也知道，为了她和曾伟的事，老黑没少被上头批，人家说他手太软。于是，倪蔚佳不忍心和他再继续顶嘴下去了，说：“谢谢老师，以后一定会注意的。”

“说话算话！再有老师告状到我这里我就只好通知你父母了。”老黑说，“不过今天，你可以走了。”

倪蔚佳走到门口，想了想又回头说道：“谢谢老师。”

老黑朝她点点头，只说了两个字：“自觉！”

真没想到是这么简单，倪蔚佳如释重负地出了办公室。心里对老黑不是没有感激的，非常感激的一点就是他到现在也没有将此事通知她的父母。爸爸和妈妈正闹得不可开交呢，要是再加上她这件事，妈妈非再住进医院不可。

倪蔚佳走在春夏之交的黄昏里，想妈妈如果知道她和曾伟的事，真不知道会是什么样的感觉，还有那莫名其妙的吻，说出来一定能让妈妈吓晕过去。出了校门往左拐，走过一条小巷，是一个新建的小区，小区里有草坪、给小孩玩的滑梯以及古色古香的亭子。曾伟就坐在那个亭子里一边看书一边等她。见了倪蔚佳，他抬起手来向她打招呼。倪蔚佳走近了，靠在亭边的木柱上，不说话。

“智斗老黑结果如何？”曾伟问。

“你妈妈知道这事了？”倪蔚佳问。

“是啊。”曾伟说，“她找过老黑，我居然不知道。”

“要是我和你妈吵架，你会帮谁？”

“怎么会吵？”曾伟说，“我妈这个人很和蔼的。”

“我真亏，”倪蔚佳说，“你妈一定以为是我带坏了他优秀的儿子。”

“呵呵，”曾伟笑着说，“快别这么说了。不过我看我们以后还是小心点，最近你中午不要到我家看书了，我们另外找地方吧。”

曾伟的话大大地伤了倪蔚佳的自尊，她拉下脸来，说：“不去就不去，你以为我想去？当初是谁硬拉着我进他家门的啊？”

“你看你！我不是那个意思啊，”曾伟解释说，“你可别误会。”

倪蔚佳看着他说：“曾伟，我恨你！”

“呵呵，”曾伟说，“还在想中午那事儿？”

“你还笑？”倪蔚佳说，“都是你害我在英语课上丢丑的。你怎么可以这样？最起码你要问我一声呀。”

“我要是问了，”曾伟说，“你同意么？”

倪蔚佳的脸一下子就红了，她觉得自己真是没脸没皮，竟然和男生讨论起这些要命的细节来。于是，她赶紧说：“我要回家了。”说完扭头就走。

倪蔚佳听到曾伟在身后呵了一声，不过他没有追上来，低下头，看他的书去了。

“装模作样！”倪蔚佳心想，“天都快暗了还看什么书呀？真是装模作样！”心里期待着他能追上来说些好听的，可是走了好远，曾伟还是坐着不动。倪蔚佳赌气地撒腿狂奔起来，奔到校门口拿了车，再飞也似的骑回家。由于车速太快，一路上险情重重，差点没被别人骂死。可是只有这样，倪蔚佳才觉得快活。

爸爸很难得地坐在沙发上看电视，见了倪蔚佳就说：“你妈妈非要和我离婚，你知道不知道？”

“知道。”倪蔚佳说。

“你也同意？”爸爸问。

“你说呢？”倪蔚佳道。

“你叫你妈别做梦！”爸爸把腿翘得高高的，说，“想也别想！”

倪蔚佳懒得理他，进了自己的房间。书本还没拿出来呢，爸爸那边就把电视机开得老大声，电视里正在唱京剧，要了命的嘈杂。

倪蔚佳心情正不好，冲出去大喊说："你把电视关小声点，我要看书！"

"你妈不是要给你新家吗？嫌我吵你们可以走！"爸爸无赖地说，"少拿念书来做幌子，我昨天在商业大厦还看到你跟一小子在一起！巴掌大点就知道谈恋爱了？看来真是有其母必有其女！"

"你骂我就骂我，"倪蔚佳替妈妈鸣不平，"说妈妈做什么？"

"你妈妈一定不知道你的那些丑事情吧，我还忘了告诉她了，等她今天回来我一定记得说！"

倪蔚佳用惊愕的眼光看着父亲，他没看自己，正扯着嗓子在跟着电视里唱京剧。倪蔚佳觉得他真是陌生而又无耻。电视还在没完没了地吵，和着爸爸的破嗓子，倪蔚佳忍无可忍，一摔门走了出去。

走到大街上倪蔚佳才发现自己无处可去。此时已是华灯初上了，倪蔚佳的肚子还饿着呢，想到妈妈的饭店去吃点饭，又怕她问东问西的。更沮丧的是竟然被爸爸看到自己和曾伟在一起，还不知道他会怎么跟妈妈渲染呢。

夜渐渐地深了，风吹起来，也有些许的凉意。倪蔚佳走到一个公用电话亭前，想了想，拨通了曾伟家的电话。

接电话的是曾伟的妈妈，她有很甜美的嗓音和一口标准的普通话，问倪蔚佳说："你好，请问找谁？"

倪蔚佳迟疑了一小会儿后说："请问曾伟在吗？"

“你是……”

“他同学。”

电话被搁下了，再接下来就是嗞嗞嗞的电流声。曾伟磨蹭了好久才过来接电话，一听是倪蔚佳的声音赶紧说：“你好！你是说那道题啊，电话里说不清，这样，我明天当面给你讲吧！”

“我一个人在大街上。”倪蔚佳说。

“明天，”曾伟说，“那就明天。”说完嗒的一声慌忙挂掉了电话。倪蔚佳气急败坏地把手里的听筒一扔，电话没挂到机子上，晃晃悠悠、委委屈屈地吊在那里，倪蔚佳就走开了。她一边走一边为曾伟的懦弱而感到锥心的失望，心想：你不是什么也敢做吗？怎么到了现在胆子就这么小呢？

倪蔚佳下意识地抚抚嘴唇，心想，今天真是倒霉的一天啊，喝凉水都塞牙！就这样饿着肚子漫无目的地在大街上游逛，倪蔚佳仿佛又回到初一、初二的时候，那时候爸爸妈妈天天吵架，自己就常常背着一个大书包在街头晃来晃去也不愿意回家。有一次两个比他大得多的男生拦住她要钱，她硬是不给，跟他们拼了命地打架，打到那两男生服气地叫她哥们儿为止。后来有好长一段时间天天跟他们在一起玩，还学会了喝酒抽烟。倪蔚佳想，也许在很多人的眼里，自己早就不是一个好女孩，所以她和曾伟的事，怎么也不可能是曾伟的错。

承担责任倪蔚佳不怕，心痛的只是曾伟的软弱。

就这样不知不觉中到了一家歌舞厅的门口，里面传出一个女人哀怨的歌声，略微有些走调，歌厅门前的大牌子上写着：“只需消费二十元，让你一次唱个够！”旁边画了一个拿着麦克风的女人，有着夸张的红唇和细得不可思议的腰身。江城的人喜欢唱歌跳舞，在这座城市里，像这样的卡拉OK厅或者舞厅随处可见。相比之下，眼前的这家不算豪华也没有名气。但现在的倪蔚佳忽然很想唱歌，每次心情不好的时候都是这样的，就想无休无止地唱。想了一想，倪蔚佳抬脚走了进去。

歌厅里灯光很暗，乍一进去的倪蔚佳看不清任何人的脸。有小姐走到她面前来，也许是见她学生的样子，问她说：“找人？”

倪蔚佳找了张沙发，一屁股坐下来，说：“唱歌！”

“一个人？”小姐奇怪地看着她。

“怕我给不起钱？”倪蔚佳从口袋里掏出五十元钱往桌上扔，说，“再来瓶啤酒，我要喝莱克。剩下的钱随便给点零食！”

“姑娘有性格啊！”小姐笑笑地把钱收起来，说，“想唱什么歌我去替你点。要卡拉OK还是乐队伴奏？我们这里的乐队很不错的。”

“无所谓！”倪蔚佳装出得意洋洋的样子说，“没有本姑娘不会唱的歌！你只管替我点，我来唱就是。”

歌厅里人不是很多，唱歌的更不多，都忙着跳舞。一个个阴暗的影子搂抱着在倪蔚佳面前晃来晃去。倪蔚佳想，自己真的是堕落了，堕落就堕落了吧，反正连初吻都给人家了，还有什么不好意思的呢？

很快就轮到倪蔚佳唱，小姐把话筒递给她，说："我们这里的乐队也什么都会，你还是点吧，别客气。"

倪蔚佳第一首唱的是《盛夏的果实》。她有极强的模仿力，将莫文蔚的那份慵懒和独特模仿得淋漓尽致，才唱两句就引来满堂的喝彩声。大家都扭过头来看，看到是一个学生模样的人在唱，更是来了兴致，纷纷要求她再来一首。一曲歌罢，小姐走过来说："还是你唱吧，客人们都说你唱得好，你再唱首什么？"

"乐队会的，我都行。"

"不会吧，"小姐说，"音乐学院的？这么厉害！"

"嗯。"倪蔚佳点点头。

她不记得自己那晚究竟唱了多少首歌，就连他们乐队本来的歌手，也乐得休息，停下来听自己唱。等倪蔚佳唱完那英的《征服》以后，一个老板模样的人走到了她的面前，把她的五十块钱原封不动地递到她面前，说："学唱歌多少年了？"

"不记得了。"倪蔚佳坐下，老三老四地喝了一口啤酒，答道。

"你乐感不错，资质也不错，有兴趣晚上到我这里来打工不？我一晚上可以给你一百元。"老板一边说一边伸出一个手指头来。

"别唬我。我有朋友在歌厅唱，一个晚上至少三百，要是客人送花多，还会有提成呢！"

"挺有经验的啊。"老板说，"我这里是小地方，比不得人

家豪爽，但我保证好好包装你，有机会你一定会红！”

“谢了！”倪蔚佳不客气地把那五十元钱放回口袋里，说，“我唱够了，要走了。”

“不考虑一下？”老板还在身后问。

“考虑！”倪蔚佳留下一句话说，“我要是考不上大学，立马就到你这里来上班！”

“留下电话！”老板还在身后喊。

倪蔚佳一回头说：“没问题，有事打我手机吧！”说完瞎报了一个手机号码，很潇洒地出了门。

走出门没多久，一辆摩托从她身后呼啸而来，车上的人朝她喊过来说：“嗨！”

“嗨！”倪蔚佳认出那人是刚才那家舞厅里乐队的主音吉他手，他留着几乎所有的吉他手都有的到肩的长发。

他朝倪蔚佳伸出手，说：“我叫林扬！”

“你好。”倪蔚佳没有跟他握手，只是说，“倪蔚佳。”

“我见过你。”林扬说，“那次电视台的歌手大奖赛你唱的是一首《蔷薇》，我没有记错吧？”

“还真没有。”倪蔚佳说。

“那次我就对你有很深的印象，今天你一开唱我就认出你了。说真的，你是一块唱歌的料子！”

“别告诉我你想捧我做歌星，”倪蔚佳说，“我看你也没那个能耐。”

“哈哈！”林扬笑了，问她说，“多大了？念高几？”

“十七，高二。”倪蔚佳说，“还未成年，对自己的事还做不了主，你省省吧。不然有什么事也可以找我妈谈。”

“天生对人有敌意，还是遇到不开心的事？”林扬很有兴趣地看着她。

“我这人一向和蔼，今天是心情不好！”倪蔚佳说，“你走你的吧，别管我！”

“我去‘天涯’赶场子，”林扬问，“想去看看吗？”

“天涯”是江城非常有名的歌舞城，里面汇集了江城最有名的业余歌手，倪蔚佳早有耳闻，只是没有去过。

而此时天已很晚了，隐隐约约中有些担心妈妈，妈妈一天下来够累的了，倪蔚佳不忍心她再为自己担惊受怕。

“心情不好就散散心去！”林扬把手机递给她，“要不要给家里打个电话？”

倪蔚佳也确实不想回家，要是妈妈没回来，她不想独自面对爸爸。要是妈妈回来了，她又怕爸爸在她面前胡说。于是她用林扬的手机打信息台给妈妈发了个短信息，告诉妈妈不用担心，她晚一点会回家的。然后心一横，跳上车对林扬说：“开路！”

林扬说：“我开车快，你抱紧我的腰。”

倪蔚佳有些犹豫，林扬就笑了，说：“胆子这么小？放心，我不是色狼。”

“是不是我都不怕。”倪蔚佳反正豁出去了，一把抱住林扬

的腰，说："开快点，开不快算你没本事！"

林扬的车果然开得飞快，倪蔚佳的头发被夜风吹起，像广告片里的女主角。她想，自己今天是怎么了？怎么会坐在一个陌生的男孩的摩托车上？不知道他到底会带自己去什么地方，还一点也不害怕，真是见了鬼了。

还好，车果然停在"天涯"的门口。林扬和里面的人很熟，也不用打招呼，带着倪蔚佳长驱直入。走到拐弯处，林扬伸手拉了倪蔚佳一把，叮嘱她慢些。倪蔚佳忽地把手缩了回来，林扬回头对她笑，说："我以为你什么也不怕呢，原来这么保守。"

倪蔚佳这才看清林扬的脸，他长得很帅气，只是被长发掩盖了该有的气质。他招呼倪蔚佳坐下，吩咐小姐给她来杯果汁，然后对她说："这里的环境和音响都是全市第一的，我每晚十一点上场，一点下场。"

"每天这么晚，很辛苦啊。"倪蔚佳说。

"做自己喜欢的事不叫辛苦，"林扬把头枕到手臂上，人往沙发上一仰，说，"而且，愈夜愈美丽。"

"念书真没意思。"倪蔚佳叹息说。

"也别这么说，我还是本科生呢，有份不错的工作，在舞厅做只是兼职而已。"

"哦，"倪蔚佳看着林扬说，"看不出来你还挺有抱负！"

"小丫头挺会损人。"林扬说，"言归正传，自从上次听你唱歌我就对你留下了很深的印象，我们一直想自己组创一个乐队，就是差一个像你这样声音有爆发力的女主唱，你可有兴趣来试一试？”

“我还要念书，再说我唱歌都是瞎唱唱，别坏了你们的大事。”

“你是一块璞玉，点拨一下会不得了。”林扬看着她说，“至于念书，我们可以等到你考上大学。一个好的乐队需要时间和精力，也要等待机遇，你值得我们等。”

倪蔚佳给林扬说得不好意思起来，猛喝了两大口橙汁，问他说：“你不是有什么企图吧？这样拼了命地拍我的马屁。”

“希望我们有合作的机会，”林扬说，“这就是我的企图。”

“像小说的情节，”倪蔚佳说，“我都不相信是真的。”

“那就来唱歌吧，”林扬一把拉起她，说，“我想再听你唱一次那首《蔷薇》，我来替你伴奏，你会发现我是个很不错的吉他手。”

“刚才就发现了。”倪蔚佳说的倒是真话。

“好好唱，唱起来，像飞一样！”林扬冲她帅气地笑笑，拖着她上了前台。他对乐队的其他人说道：“给你们介绍一个小歌手，她的歌声会让你们吓一跳！”再回头低声对倪蔚佳说：“牛皮是吹出去了，你要好好唱，别给我丢脸！”

“我尽量。”倪蔚佳说。

上一次为了参加比赛，那首《蔷薇》差不多练了有一百次之多，虽然好久不唱了，再唱起来依然是那么熟悉。这首歌几乎没有前奏，扣弦而立的林扬冲着她点头示意，倪蔚佳就定下神来开始演唱。初探爱情面目的她发现自己再唱起这首歌来，已经有了完全不同的理解，并怀着完全不同的心情。

不知道是夜深的缘故还是很久不唱这首歌了，倪蔚佳唱得非常投入。这首歌的高潮部分非常不好唱，但倪蔚佳发挥得比比赛那次还要好。唱歌的间隙，她看到林扬向她竖起了大姆指。

那晚倪蔚佳回到家已经很晚很晚了，林扬用摩托车载她到家的附近。倪蔚佳跳下车说：“别送了，给我妈看见说不清啦。”

“呵呵，好。”林扬说，“记住我的手机号，有空就来找我练歌。你这么好的嗓子和这么好的悟性，不做歌手真可惜。”

“做歌手没前途的，”倪蔚佳说，“你可别害我。”

“一生中能做自己喜欢的事情的人有多少个呢？”林扬说，“祝你我好运！”说完骑上车呼地而去。

妈妈果然没睡，坐在客厅里等她。听到倪蔚佳开门的声音，一冲就到了门边。

“妈妈，”倪蔚佳说，“对不起，我和爸爸吵架了。”

“你去了哪里？”看得出来妈妈是尽量在掩盖着内心的怒气。

“我去唱歌了。”倪蔚佳不想骗妈妈。

“到哪里去唱？”

“舞厅。”

妈妈一耳光甩到倪蔚佳脸上来，在夜里这声耳光显得清脆而又吓人。倪蔚佳捂了捂脸，没有哭。她绕过妈妈往自己的房间走，听到妈妈在身后问："你爸爸说的都是真的？"

"真的。"倪蔚佳说。

妈妈不再说话。没过一会儿，倪蔚佳回头，看到妈妈坐到沙发上哭泣起来。在倪蔚佳的心目中妈妈一直都是一个坚强的女人，遇到再痛苦的事情也没有见她真正地哭过。倪蔚佳的心狠狠地抽痛了一下，她轻轻地走到妈妈身边，在她边上蹲下，说："妈妈你别哭了，我保证不会再有事了。"

妈妈搂紧了她。

清晨醒来，妈妈说："你最近放学别先回家了，省得又和你爸爸吵嘴。先到我店里来吃饭，我找了个房间给你看书，打烊了我们再一起回家。"

妈妈明摆着是要看住自己，不过倪蔚佳没有提出异议，反正她再也不想和曾伟在一起了。倪蔚佳讨厌懦弱男生，就算他成绩再好，也讨厌到了极点。

她宁愿喜欢林扬，虽说是萍水相逢，对他的印象倒真的是不错。不过倪蔚佳不允许自己再想下去，再想可真是有点水性杨花啦。就在这样的胡思乱想中出了家门，骑在车上，心情竟然非常不错。她怀念昨晚放开嗓子歌唱的感觉，这种感觉好久没有过了，就像林扬说的，可以像飞一样。

快到校门口的时候，远远地看到曾伟走在前面。倪蔚佳没理他，从他边上一掠而过。

十七岁的舞

也一定是夹在记忆的相册里那张最动人的照片

所以叶莎愿意任性地为她喜欢的人尽情地舞一次

并且相信

这个舞可以跳得很好

猜猜猜和胆小鬼

每年九月，江中都有一件很重要的事——举办一年一度的校艺术节。

而今年的艺术节破天荒地提前到了六月初，据说是为了迎接新校长以及省里的评估小组。而且，这届艺术节内容十分的丰富多彩。除了最传统的文艺表演之外，还新增了很新颖的书画摄影义卖以及美食一条街活动，所得收入全部用来资助家境贫寒的学生。最让叶莎激动的是，学校还将邀请朱尔来为大家作读书报告。

每一年的艺术节都是老黑班上的学生最出风头，单说叶莎的独舞和倪蔚佳的独唱就足已让别班的老师和学生汗颜。今年的文艺汇演中叶莎免不了又要跳舞，不过她的压力不是太大，因为有一支现成的民族舞在前不久才参加了省里的汇演并得到了好评。只是得知朱尔要来为他们作读书报告并留下来观看演出，叶莎就改变了主意，想赶排另一支舞——《森吉德玛》。

跟自己的舞蹈老师商量后，老师摇头说："据我所知，这是一个很有名的大型民族舞剧，表现的是一对情人之间的忠贞爱情。如果要排，至少也应该是双人舞，可是叶莎你擅长的是独舞啊，排起来怕是有相当的难度。"

“曾经有个女孩很喜欢这首歌，但是她离开了。”叶莎说，“她再也不会回来，我想跳这支舞纪念她。”

“哦，”老师说，“你有情感基础，那我们可以试试！”

就知道她会同意，叶莎感激地对着老师微笑。

“就是时间紧了，恐怕会影响你的学习，家里有意见吗？”

“不会有的。”叶莎说，“关于跳舞，我爸爸妈妈对我一直很宽松。”

“那就好！”老师把手放到叶莎的肩上来，说，“看你舞蹈，怎么看怎么美。只是这些年艺术剧院、歌舞团什么的都不景气，老师还是劝你好好考大学，有个稳定的饭碗比什么都重要！”

叶莎说：“像老师这样教舞也挺好啊。做自己喜欢的事比什么都好。”

“老师老了没什么选择了，你还有的是机会。”

叶莎觉得老师有些悲观，就不好再说下去了。她站起身来，做一个漂亮的抬腿和旋转，说：“对于跳舞我一直只是当做爱好，可以在舞蹈中追求心灵的愉悦感，再没有什么比这更重要。”

老师不作评价，只是微微笑着看着叶莎。叶莎发现老师的眼角已经有了淡淡的鱼尾纹。她想起第一次见老师时老师还是个大姑娘，扎着两只粗粗的小辫，拉着叶莎的手夸张地说：“好漂亮的小妹妹！”她穿短短的花裙，腿上是透明的丝袜，眼睛又大又亮，手软软的、滑滑的，像是刚从肥皂泡里伸出来。叶莎很喜欢她拉着自己的手，真希望一下子就长到老师那么大，可以像她一样打扮得漂漂亮亮的，涂粉色的口红，咧着嘴优雅地笑，让所有的小姑娘们羡慕得眼睛发直。

长大就是一转眼的事。

一转眼，自己长大了，老师却老了。也许这就是岁月的真实和无情。

想想老师也有过自己的十七岁，叶莎无从揣测她的十七岁是怎么样的，但是她知道每个人的十七岁都只有一次，永远也不会再重来。

十七岁的舞，也一定是夹在记忆的相册里那张最鲜活、最动人的照片，所以叶莎愿意任性地为她喜欢的人尽情地舞一次，并且相信，这个舞可以跳得很好。

精心的琢磨和悄悄的苦练之后，这一天来临了。

那天早上叶莎起得非常早，当她背着大书包和演出服骑车经过朱尔的门前时，朱尔的门一如既往地关着。六月清晨的空气里淡淡飘出的是茉莉的芬芳，叶莎想象着院子里洁白的茉莉花是如何一朵一朵地灿烂着，想朱尔昨天一定又是写稿到深夜现在肯定还在沉睡，想这淡淡的花香是如何跟随六月的风经过正在熟睡的朱尔的身边。叶莎的心里高高低低地涌出一些担心和挂念，衷心地希望他能晚一点醒来，这样下午作报告的时候才会更有精神。

朱尔没有让叶莎失望，他的报告果然精彩极了。他穿着很正式的西服，说话声音也很大，用生动有趣的事例来告诉大家该如何来选书和看书，全场时不时掌声雷动。不少的老师和学生都拿着纸和笔在认真记录。透过麦克风叶莎觉得朱尔的声音有一些陌生，但更加好听。由于待会儿要演出，叶莎和倪蔚佳都得在后台化妆，不能在前台专心地听，这让叶莎觉得非常遗憾。不过想着一会儿就要为朱尔跳那支舞，心里又有些安慰和暖暖的期待，至少，她希望朱尔会惊喜或者开心。

班长夏小妮走过来让她们快些，报告会一完演出也就要开始了。夏小妮是今天的主持人，早就穿戴整齐了，手里拿着几张纸，她像个指挥官一样满场走来走去。叶莎不喜欢她，只是在鼻子里嗯了一声，没有过多地理她。倪蔚佳则调皮地一弯腰，装作毕恭毕敬地说道："是，班长大人！"

夏小妮盯着倪蔚佳，有点居高临下地说："歌词记牢了没？听说电视台就等着拍你，你可不能为我们学校丢脸啊！"

谁都能听出她言语里的讽刺，叶莎生怕倪蔚佳发火，谁知道倪蔚佳根本没在意，她尖声叫着冲到门口，原来是她请的乐队到了！领头的是市里非常有名的吉他手林扬，为了倪蔚佳，他甚至带着乐队来替江中做整场演出的伴奏，不能不说倪蔚佳的面子比天大。有了乐队，整场演出的档次无疑高出许多，组织这场演出的负责老师听说这一消息，激动得差点没拉着倪蔚佳的手热泪盈眶。

当然，林扬来最主要的目的还是为倪蔚佳伴奏。这一次倪蔚佳要唱的歌是一首原创的校园民谣《蝴蝶花》。为了参加这次演出，倪蔚佳一开始报了好几首歌名上去均因和爱情有关而被毙掉。最后只好选择了这首稍显清淡的歌曲，整曲几乎都是林扬的吉他在伴奏，偶尔才会听到一两声暗示的鼓点。对于倪蔚佳来说这也是一次新的尝试，她好像很感兴趣，常常和林扬他们彩排到深夜。

叶莎非常地喜欢这首歌，喜欢歌里那份淡淡的说不出的忧伤，苏眉也是，她俩常常要求倪蔚佳唱来听。倪蔚佳总是说，不能再唱了，再唱的话，到了正式演出时哪里还会有新鲜感啊？

叶莎觉得倪蔚佳说得对，所以叶莎的舞到现在也没有对着任何观众跳过一次，她希望第一次就能给大家留下最好、最完美的感觉。

换句话说，希望朱尔会难忘。

当叶莎的妆完全化好之后，朱尔的讲座也完了。演出就要开始，透过舞台的帷幕，叶莎看到他在观众席的第一排坐了下来。已经很久没有跟他聊过天了，不知道他知不知道今天有叶莎的节目，会不会有心情留下来看演出。名人们都是忙忙碌碌，但愿他不要看到一半就走掉。

倪蔚佳的节目排在很前面。她很自信地走向舞台，一边走还一边回过头来对着叶莎悄悄地甩了一个OK的手势。叶莎也给她回一个，两人会心地一笑后，倪蔚佳三步两步地走到了舞台中央。她很潇洒地一鞠躬说：“为大家演唱一首校园民谣，把这首歌特别送给刚才为我们做了精彩报告的朱尔老师。也特别鸣谢我的吉他伴奏林扬先生。”

朱尔显然认出了倪蔚佳，抬起手来挥挥，笑着，显出很舒心的样子。

苏眉跑到后台来递给叶莎一瓶矿泉水，说："老黑让你发挥好些，别紧张。"

"我尽量。"叶莎说。

"不过，"苏眉说，"你什么大场面没见过？"

"哪里，发挥不好也是正常的事。"叶莎说。想到观众席里有个特别的观众，她还真的有一点紧张呢。

倪蔚佳的歌声完美无缺地从前台飘过来，清清亮亮的民谣带着浓浓的校园气息，令人欢喜和沉醉。

是否还记得童年阳光里那一朵蝴蝶花
它在你头上美丽地盛开
洋溢着天真无瑕
慢慢地长大
曾有的心情不知不觉变化
痴守的初恋
永恒的誓言
经不起风吹雨打
岁月流逝
蝴蝶已飞走
是否还记着它
如今的善变

美丽的谎言

谁都得学会长大

早已经习惯一个人难过

世事纷乱复杂

想忘记过去却总又想起曾经的无怨无悔

谁能够保证心不变

看得清沧海桑田

别哭着别哭着对我说

没有不老的红颜

谁学会不轻易流泪

笑看着沧海桑田

别叹息别叹息对我说

没有不老的红颜

……

“我真怕老了。”叶莎对苏眉说。

“我也是。”苏眉靠在叶莎的肩上说，“你快跳舞吧，你的舞蹈会让我感觉到年轻和激情。”

“只可惜，”叶莎说，“我今天要跳的是一支忧伤的舞。”

“我知道你是为朱尔跳的。”苏眉说。叶莎吓了好大的一跳，正想辩解点什么，苏眉却又说：“也是为了怕老的如意，对吗？”

叶莎有些慌乱地点点头。

“其实不用忧伤。”苏眉说，“懂得生命是快乐的。”

正说着呢，夏小妮从边上走了过来，对着苏眉说：“你别靠她那么紧，妆弄花了可来不及补！”

“你放心。”苏眉说，“叶莎化不化妆一样美得一塌糊涂。”

叶莎笑着说：“苏眉你总是让我心花怒放。”

“开心就好！”苏眉搂着她的肩说，“把一支忧伤的舞跳得怒放起来！不好吗？”

“好。”叶莎重重地点头说。

终于轮到叶莎表演了，帷幕拉开，身着蒙古族少女服饰的叶莎俏立于舞台中间。

刚一亮相便赢得满堂喝彩。音乐响起，叶莎忘情而投入地舞着，随着音乐从舒缓到激越，她感觉自己像花骨朵一样慢慢地绽开了……

伴着青燕子演唱组美不胜收的歌声，叶莎倾泻的激情在时而柔曼时而奔放的舞姿中流动，一发不可收。

一曲跳罢，掌声如雷，叶莎含笑谢幕。眼光抬起来的刹那，她清楚地看到朱尔在鼓掌，并看到他微微地欠了一下身子，像是要站起来说点什么。

叶莎转身往后台跑去，苏眉和倪蔚佳跑过来祝贺她。叶莎死死地抱住苏眉，不知是激动还是紧张，眼睛里竟然装满了泪水。

倪蔚佳惊讶地问她怎么了。苏眉扭头对倪蔚佳说：“笨，这就叫真正的艺术，你懂不懂？叶莎这是完完全全投入其中了！”

“哦！”倪蔚佳拍拍叶莎的头说，“快拔出来，快拔出来，等结束了请你们到‘万德隆’吃小吃去！还有林扬他们的乐队一起！”

“我不去了，”叶莎稍微平静下来，说，“我家太远，回家晚了不行。”

“我也不去了，”苏眉说，“省得我妈念叨。”

“你们真扫兴！”倪蔚佳说，“我还天天在别人面前夸你们怎么怎么跟我好呢，一到关键时候都不给我面子！”

“当心曾伟吃醋！”苏眉说。

“关他什么事？”倪蔚佳说，“别跟我提这个人！”

“就这样断了？”叶莎不信。

“不然怎么着？”倪蔚佳说，“总之别跟我提这个人！”

叶莎和苏眉相对一笑，都住了嘴。

虽然没有和倪蔚佳一起去玩，但那天叶莎回家已天色不早了，推着车刚进家门就发现朱尔正在和爸爸下棋。他脱了下午的那身西装，穿得很休闲的样子，看上去也年轻了不少。他正和爸爸战到酣处，两人都只是稍稍抬了一下头算作和她打招呼。妈妈从厨房里出来，有些得意地说：“莎莎，你朱叔叔直夸你舞跳得好呢！”

“是吗？”叶莎说，“朱叔叔的报告才精彩呢，可惜我一直在后台化妆，不能好好地仔细地听。”

朱尔从棋盘里把头抬起来说：“我们是否有互相吹捧的嫌疑？”

叶莎咯咯地笑。

妈妈骂她说：“傻乐！你能跟朱叔叔比？人家写书可是全国闻名，你跳舞还能跳得过杨丽萍？”

朱尔拈起一枚棋子，往棋盘上重重一放，说：“话不能这么说，我看莎莎跳舞比杨丽萍好看多啦。”

听出朱尔是真心夸自己，叶莎的脸有些微红，赶紧背上书包往自己的小房间走去，又听见朱尔在身后说：“对了，你上次要的一些学习资料我在网上替你找到并下载了，只是今天忘了带过来。”

“谢谢朱叔叔，我回头自己去取。”叶莎说。

爸爸说：“告诉你一个好消息，星期天有人上我们家装电脑。以后这些事，你不用再麻烦你朱叔叔了。”

“真的？”叶莎高兴坏了。苏眉她们早就有电脑了，爸爸就是不肯买，常常说什么电脑哪有人脑聪明，真不知道他怎么一下子又开窍了。

“你朱叔叔说得对，要跟上时代！”爸爸说，“落后就要挨打，哈哈！”

“说得对！输了不是？”朱尔得意了，“将！”

爸爸气得倒到椅背上。

叶莎又咯咯地笑了。见到朱尔，好像什么事都是那么开心。

吃过饭叶莎和朱尔一起到他家拿资料，一进朱尔的门就闻到那满院的茉莉香味，叶莎使劲地嗅了嗅，说：“真香！”

“喜欢就摘一束回家！”朱尔说，“晚上念书的时候，放在书桌旁，保证神清气爽。”

“那可不行！”叶莎说，“花是不可乱摘的。”

“只要莎莎乐意，有什么事不能？”

“谢谢你啊，朱叔叔，是你说动我爸爸买电脑的吧？”叶莎真喜欢听朱尔说这些宠自己的话，心里甜蜜的波浪一波一波地涌动过来。

“呵呵。”朱尔招呼叶莎坐下，看着她说，“叔叔该谢谢你才对，谢谢你为我跳舞。”

“朱叔叔，”叶莎低下声去说，“你喜欢就好啦。”

“喜欢。”朱尔说，“喜欢极了，要是如意看了，也一定会喜欢的。”

“我真高兴。”叶莎由衷地说。

“我也高兴。”朱尔说，“有你这样的小朋友做朋友。”

“我不是小朋友了！”叶莎抗议。

“好。”朱尔说，“叶小姐想喝点什么？”

叶莎扑哧一声笑了，抬起头说：“可乐！要冰镇的。”

“家里没有，你等我去买。”话刚说完，朱尔就往门外走去。

“别去了！”叶莎赶紧喊道，“我不渴的！”

“我很快回来！”朱尔走到门口，又回过头说，“今天一定要好好奖励你一下，因为叔叔太高兴了！”

朱尔关了门去了，叶莎一个人坐在朱尔的房间里。茶几上有一本书，叶莎拿起来随手翻了翻，不感兴趣，又放下了。然后就是有些无聊地走来走去。

走着走着，忽然又看到书柜边上如意的照片，如意穿着红色的毛衣，扎着很可爱的麻花辫，歪着头，正对着自己微笑。她又大又黑的眼睛看着叶莎，像是要对她说点什么。叶莎忽然觉得有一种说不出的恐惧，全身上下一片冰凉，抬腿就往门外跑，正好撞在拿着一大瓶可乐进门的朱尔的身上。朱尔惊讶地说：“莎莎你怎么了？没事吧？”

叶莎惊魂未定地说：“没……没什么……”

“都是叔叔不好。”朱尔说，“不该在晚上让你一个人呆在这样的大房子里。”叶莎感觉到朱尔用一只手臂抱紧了自己，那怀抱温暖得让人难以抗拒，不能呼吸。新一层的恐惧排山倒海而来，叶莎差点站不住脚跟，她听见朱尔在自己耳边温柔地说：“好啦好啦，没事了！”

然后，朱尔松开了她。

六月的茉莉香又钻进叶莎的鼻孔，鼻子痒痒的，像是要哭，叶莎拼了命地忍住。朱尔又说：“好啦好啦，没事了，胆小鬼，快进来喝可乐，看我给你找的资料是不是你想要的？”

“哦，好。”叶莎强装镇静地答道。

那晚的叶莎总是重复做一个梦，梦里如意穿了红色的长裙在夜色里走，自己在后面拼命地追也追不上。红色的烟雾在梦里诡异地飘荡，叶莎清晰地闻到那种烟味，像朱尔在她身旁抽烟。好像又有人在身后若有若无地拥抱自己，叶莎听到自己尖叫了一声，她就在这样的尖叫里挣脱梦境，睁开眼，再也不能入睡。

她爬起身来看朱尔的书。朱尔在他的文章里说：因为一些人一些事，人生中总有一些日子是要波澜壮阔的，想让它平静也难。这话一直说到叶莎的心里去，把书贴在胸前，叶莎再也不想掩饰内心的波澜壮阔。“我不是一个坏女孩，”叶莎对自己说，“因为朱尔也说过，爱无罪，心动无罪，痛苦无罪。”

这一切也像如意的诗里所写的：连疼痛，也会变成陶醉。

痛也好，陶醉也好，叶莎好像都来不及去考虑接受或者拒绝。

星期天，叶莎终于有了一台梦寐以求的电脑。

自从家里有了电脑之后，叶莎就有了一个新的爱好：上网。

由于学校里有电脑课，叶莎对电脑的基本知识掌握得还是不错的，再加上朱尔的帮助，几乎是在很短的时间内，叶莎就学会了自由自在地在网上畅游。

不过爸爸规定只能在节假日上网，而且每天上网的时间不能超过两个小时。但这对于叶莎来说无所谓，最开心的是，她有了一种新的方式接触朱尔，这种接触可以无拘无束，可以随心所欲，可以自由自在。不必担心年龄、思想的差距，也完全不必担心对方会怎么想你。

那就是，换各种各样的网名和朱尔在网上聊天。

朱尔也不会再当她是小孩子，这让叶莎终于找到了和朱尔平起平坐的机会。

但朱尔在聊天室的人缘太好了，叶莎常常等了好久，才等到和他说一句话的机会。为了引起朱尔的注意，叶莎可真是想尽了办法，苦练各种聊天技能不说，甚至找了各种各样的网络文学来看，只希望有一天会让朱尔觉得棋逢对手。

那个周末的晚上，做完了所有的功课，爸爸妈妈都上床睡了，叶莎上了网，她知道这样的时间朱尔多半会在网上。想了很久，叶莎叫自己——“胆小鬼”进了聊天室。

《胆小鬼》是叶莎很喜欢的梁咏琪的一首歌，还记得那个惊慌失措的晚上朱尔好像也是这么叫她的。

朱尔果然在。

或者说，“猜猜猜”果然在。

他那晚好像兴致很高，跟很多的人聊天，还出了对联要让大家对。聊天室里有了他，气氛总是分外热烈。如往常一样，叶莎跟他问好，他只是很礼貌地回应了一声便没有了下文。叶莎有些赌气地开始在聊天室里贴画，聊天室是不准公开贴画的，于是叶莎便一次一次地被网管赶出去，再一次一次乐此不疲地冲进聊天室。

朱尔终于看见了她，跟她发了悄悄话说：“胆小鬼，我看你一点也不胆小。”

悄悄话是一排鲜红的字，电脑前的叶莎看着那一片鲜红舒心地笑了，于是回话说：“猜先生，你看得一点也不错。”

“那当然，不然能叫猜猜猜？”

“在下胆小鬼，请多指教！”

“多指教谈不上，偶尔指教一下才不至于江郎才尽！”

“哈哈，我是美女，为我才尽一次又何妨？”好不容易引起了朱尔的注意，叶莎调动着全身的幽默细胞和他抗衡，希望就此给他留下难忘的印象。

“为什么要不停地贴画？”朱尔果然上当。

“想引起你注意！”叶莎很老实地说。

“呵呵，”朱尔乐了，“看来你得逞了。”

“还不一定，”叶莎说，“找你聊天的人太多，我怕你会对我没兴趣。”

“注意我很久了？”看这个问句叶莎有些得意，看来朱尔对自己的兴趣是越来越大。

“对。”于是叶莎说，“我发现你很有意思。”

“都这么说，呵呵。”朱尔说，“擅长聊什么？”

“都不擅长。”

“看来还得让我培训？”

“你愿意吗？^_^”叶莎在网上展开一个迷人的微笑。带着一种探险的心情伪装成人的感觉，叶莎将这一切进行得游刃有余。想到朱尔无论如何也想不到对手会是自己，忍不住沾沾自喜起来。

“愿意是愿意，只是我今天没空，改天？”

“你在忙什么？”

“忙着糊口。”

“可以知道你的职业吗？”

“你猜呢？”

“我猜你是文人，最有可能是个作家。”

“哦，这么肯定为什么？”朱尔显然有些吃惊。

“等你答应和我聊天的时候我会告诉你。”叶莎说，“886。”

和朱尔再见后叶莎近于虚脱地靠在椅背上。她发现自己有些害怕，因为不知道这种游戏如果再继续下去会是什么样的结果，而且已经有些不能控制自己，才一下网又想上网，爸爸规定的两个小时怎么也不够用。

天渐渐地热了起来，叶莎每天穿着漂亮的花裙去上学。这些花裙都是叶莎妈妈做的，用很便宜的布料和精致的手工，做成市面上怎么也买不到的裙子，让苏眉和倪蔚佳好生羡慕。朱尔有一次看到她也说：“女大十八变，莎莎真像是大姑娘了！”

“不是像，”叶莎纠正他说，“本来就是！”

“哈哈！”朱尔笑说，“我却老记得你扎着两个蝴蝶结，骑起车来摇摇晃晃，满院子飞奔着踩气球，笑起来咯咯咯的小样。”

“到底是作家，那么多形容词。”叶莎说。

“哟，真长大了，学会损人了！”朱尔叹气说。

妈妈也插话：“她这跟你算是客气的啦，有时在家跟我顶句嘴，我得气上三天！”

“真的？”朱尔问叶莎。

“没有的事！”叶莎可不希望给朱尔留下不好的印象，赶紧解释说，“是我妈妈小心眼。有一次她买了一件新衣服问我怎么样，我说颜色暗了些，她就说我骂她老气。我说衣服呢，她怎么往自己身上扯？”

“去！”妈妈骂，“在外人面前编排你妈妈？”

“朱叔叔不是外人嘛。”叶莎说完这话就后悔了，生怕他们看出点什么来，只好装模作样地喝水。朱尔倒是很高兴的样子，直点头说：“就是就是，别把我当外人！说到这里我倒想提一件事。”

“什么事？”妈妈问，“有事你尽管说，可别客气。”

“是这样的，今年暑假有家出版社请我到南方的一个度假村度假，可以带一个家人或者朋友，你们要是没意见，我就带上莎莎吧。莎莎过完暑假该高三了吧？跟我出去松驰一下再回来好好冲刺，而且那也是个温书的好地方呢。”

“那怎么好意思？”妈妈说，“你是去工作，她跟着你碍手碍脚的！”

“莎莎想去吗？”朱尔看着叶莎问。

“想！”叶莎几乎是脱口而出。可以跟朱尔一起出游可是叶莎从没有想到过的事。说完以后看妈妈责备地望着自己，她赶紧又补充说：“不过，要是影响你工作就不好啦。”

“那没事。”朱尔笑笑说，“我会安排好。”

爸爸回家听说这事倒是一点也不反对，说：“让莎莎去见见世面也好，长这么大还没有出过远门呢。至于费用吗，该自己承担的还是自己承担，不能让你朱叔叔太破费。”

“也行。”妈妈说，“你跳舞拿的奖金，我都替你存着呢。本来想等你高考完再给你出去玩的，现在有这么一个机会，就先用了吧。”

“妈妈你放心，我回来一定好好地拼一年！”叶莎太想和朱尔一起出游了，生怕妈妈再提什么反对意见，赶紧表态。

“出去看看外面的世界有多精彩，”爸爸说，“也有动力考出去。老是窝在这样的小城市里没出息。”

叶莎不同意爸爸的观点，说：“朱叔叔也算是有出息的人了吧？他还就愿意呆在这里，哪儿也不想去。”

“你朱叔叔这叫返璞归真，你能有他那境界首先得付出心血，想当年他还是文学青年的时候可没少吃苦。”

“是。”叶莎心情好，懒得和爸爸争下去，于是说，“我一定吃得苦中苦，争做人上人。您老就放心吧！”

“什么时候学得这么油嘴滑舌？”妈妈在旁边骂。

叶莎嘿嘿笑着进了自己的房间，一边说道：“别打扰我，我要吃苦去喽。”

可能真的是有了动力的原因，那天叶莎看书看到很晚。初夏的风像长了翅膀的小精灵，蹑手蹑脚地从窗口进来，戏弄了一下她的长发和眼睛，又悄悄地飞走了。叶莎站起身来，伸了个懒腰，发现时钟已指向近十二点。这个时候，朱尔想必是写作写累了，正在聊天室里休息。

叶莎再也顾不上爸爸的规定，用飞快的速度上了网。

还是用“胆小鬼”这名字，果然又见“猜猜猜”。

但今天的朱尔显得有些许的沉默，叶莎进去了很久，也不见他开口说一句话，叶莎只好主动找他搭话说：“作家先生是你吗？”

“是我。”好在朱尔还记得她，“怎么你今天不贴画？”

“你不是理我了吗？所以不用贴了。”

“呵呵，还没告诉我你怎么会叫我作家。”

“看着像。”

“那你看错了，”朱尔说，“我是卖盗版CD的。”

叶莎笑了，心里想真是老奸巨滑的朱尔。再又想，自己也算是小奸巨滑的叶莎，谁也不吃亏，难怪有人说网络无真实呢。

“在想什么呢？”也许是见她半天不回话，朱尔问道。

“在想你怎么也不像一个卖盗版CD的不法商人啊！”

“呵呵，小丫头有意思。”

“你怎么知道我是小丫头？”

“看着像。”

“那你看错了。”叶莎说，“我是男生。”

“哈哈，”朱尔说，“我赌你超不过二十岁！”

“为什么？”叶莎暗自佩服。

“因为二十岁以上的人不会说自己是男生，而会说自己是男人。下次聊天记住这一点，哈哈！”

“那你会和一个小丫头聊天吗？”

“会！”朱尔说，“特别是聪明的小丫头。”

“拉钩。”

“拉钩。不过你现在得睡了。钟声敲过十二点，王子会骑着马来到你的梦里，可不要错过了。”

“嘻嘻，”叶莎说，“你骗人。生活里没有童话。”

“网络就是成年人编织的童话，你要是没成年，可别贸然进来。”朱尔的话仿佛带着一种暗示，令叶莎悚然一惊。朱尔也是聪明人，可别让他认出自己，于是叶莎飞快地和他告别下了线。

第二天，叶莎很高兴地告诉苏眉和倪蔚佳暑假的时候她将和朱尔一起出游，问她们都有一些什么安排。倪蔚佳说她答应了林

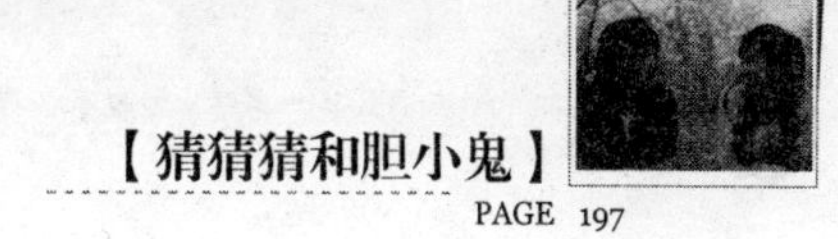

扬练歌，他们的乐队就要成立了，写了很多不错的作品，唱出来一定会让大家吓一跳。苏眉则说她哪里也不想去，就天天在家里呆着。好长的时间以来苏眉都是这样死气沉沉的，叶莎总想问问她是不是出了什么事，但一直也没有问出口。中午的时候倪蔚佳又出去练歌了，吃饭的时候叶莎忍不住问苏眉说："眉眉你是不是遇到了什么不开心的事？"

苏眉也许没想到叶莎会这么问，犹豫了一下说道："是有点。"

"没什么大不了的，你一向很乐观，会过去的。"叶莎安慰苏眉说。

"我倒是没事，"苏眉说，"莎莎，问你一个问题，你老实回答我。"

苏眉的样子有些严肃，叶莎心里一惊，说："什么问题？你问。"

"你真打算和朱尔一起出去旅游？"

叶莎惊讶地看着苏眉。

"你的眼睛早就泄露了一切的秘密。"苏眉说。

这是叶莎始料未及的，她又羞又急，只好把头埋在手臂里，轻轻地哭了起来。

"别和前辈过招。"苏眉说，"会死得很难看。"

叶莎抬起头看苏眉，苏眉把手伸过来，抱住她说："我本来不想说的，可是我不想你一错再错下去，更不希望你上他的当。"

“你是说朱尔也知道这些？”

“我想是的。”苏眉说，“朱尔是多聪明的人。”

“不会的，”叶莎直摇头说，“他一直当我是孩子。”

“就算他是好人，”苏眉说，“你也不能去冒这个险。”

“我只是喜欢他。”叶莎说，“喜欢和他在一起。”

“傻莎莎，”苏眉说，“事情是你控制得了的吗？不管他知不知道你的心思，你都千万别让他确认，不然你一定会后悔，相信我，没错的。”

“不会的。”叶莎说，“我永远也不会让他知道。”

“那就好，”苏眉说，“那我就放心了。其实我也相信朱尔不是坏人，更不希望看到你为此事伤心。原谅我的直率。”

叶莎不怪苏眉，也很感激苏眉，但苏眉的话让她在心里害怕极了。无论如何，她不希望朱尔知道她的心事，哪怕是知道一点点，也不可以。

世界是一个装满秘密的箱子

被我缓缓地推动

他曾赐我以阴凉的光辉

让我的目光

越过年少燃烧的激情

寻找那只飞越青春的鸟儿

世界是一个装满秘密的箱子

今年的夏天，可谓是江城历史上最热的夏天之一。炙热的阳光把一切都烤得无精打采、一动不动。偶尔向窗外看去，世界就像是一张被水洗过后又晒干的皱巴巴的风景明信片。

苏眉和妈妈的关系却是冷到了极点。

妈妈好像没那么忙了，常常回来吃晚饭，厨艺也日渐提高，还学会了做“口袋豆腐”、“茄汁鲤鱼”之类的高难度的菜。尽管她在很努力地做一个好母亲，但苏眉总觉得她看着自己的眼光里多了一种戒备和不信任，一切都像做戏。

其实苏眉并不想和妈妈之间这样的，但苏眉无论如何也忘不了那一天回到家里，妈妈是怎样逆着光站在自己的面前，而那一页一页令她惊讶万分同时也津津津有味的、装着女儿最秘密的不可触犯的心事的日记本就那样牢牢地抓在她的手中。

无法忘却，就无法做到原谅。

失去父亲又远离母亲的苏眉那年的期末考考得很不如意，甚至滑出了全班的前十名。成绩单交到妈妈手里的时候苏眉扭过了头去，妈妈什么也没说，只是把成绩单往茶几上轻轻地一放，就看起电视来。其实她根本看不进去，不停地折磨着手里的遥控器，电视上的画面变幻得令人眼花缭乱。

苏眉说：“想骂就骂两句吧，这样你我都会舒服点。”

“骂有什么用？”妈妈说，“你自己的心收不回来，怎么骂都是徒劳！”

妈妈的固执和自以为是令苏眉心里仅存的一点内疚也烟消云散。在妈妈的心里，这一切都是苏眉的思想出轨而致，妈妈永远也不会看到自己的过错。苏眉不想再作任何解释，起身进了自己的房间。

身后传来妈妈冷冰冰的声音：“暑假就在家老实待着，现在醒悟还来得及。”

苏眉真的哪里也不去，除了学习，就是在家里听着音乐画画和写诗。画完了、写完了再一张张地撕掉，在妈妈没回家之前将它们一一扔到窗外。风大的时候，它们会被风高高地卷起再缓缓地飘落。苏眉就这样靠着窗口，看负责小区卫生的老太婆好奇地抬头看看上面，再将它们一一地扫进垃圾箱，心痛地想再也没有什么可以留得住的东西。曾经很喜欢的阅读没有了，妈妈不动声色地收走了她书架上一切和课本无关的杂书。曾经那么喜欢写的日记也成了一页一页的空白，想到妈妈的眼光，就再也无心记录什么。

等到老时，关于青春的记忆，怕是什么都会忘得一干二净了吧。

如果可以真正地忘了陈歌，倒也未尝不是一件好事。

至少不会再有那么多纠纠缠缠、反反复复的心事。

真的是很久没有见陈歌了，也不知道妈妈到底有没有找过他。还记得那一天，知道苏眉的心事后，陈歌执意要带她到一家小餐馆里吃午饭，那是一家很干净的小餐馆，桌上铺着淡蓝色的格子花布，很古典的音乐若有若无地飘着，桌子中间的花瓶里，插着一只娇艳的玫瑰。陈歌为苏眉点的饮料有个很好听的名字，叫“粉红色的心”。

“雪薇喜欢这个，每次来都点！”陈歌对苏眉说，“我想女孩子都会喜欢。”

“你是说我和雪薇有相同的爱好？”苏眉敏感地对陈歌说，“你知不知道这样很伤我的自尊？”

“你看你！”陈歌温和地说，“难怪你会不快乐。”

“你没有必要责备我，也无需安慰我。我既然告诉你那些，就一定会自己慢慢地消化掉。”苏眉嘴硬地说。

“我相信你。”陈歌答道。

“请不要告诉雪薇。”

“当然不会！”陈歌说，“我也会忘了这事。”

“以后我们还是朋友吗？”

“不止是朋友，”陈歌说，“你还是我永远的妹妹，一切和以前一样，不会有什么区别。”

“我不信，你撒谎。”

“那就让时间给我们答案，看我们谁赢谁输，好不好？”陈歌送走苏眉时最后说道。

其实苏眉希望自己输，虽然她知道自己和陈歌之间无法做到像从前那样自然，但陈歌的承诺还是让她觉得心安许多。不过没多久苏眉就失望地发现自己好像赢了，因为自那之后陈歌就再也没有来过。苏眉也曾无数次地想打他的电话，但电话按到最后一个键的时候，总是以放弃作为结束。苏眉伤心地想也许就这样一生一世再也见不到陈歌，就像一生一世再也见不到爸爸一样，直到他们的容颜都渐渐地模糊。生命中失去一个重要的人，常常都是这么简单和无法预测。

与天天在家上网的叶莎和天天到舞厅唱歌的倪蔚佳相比，苏眉的暑假真是寂寞得有点凄凉。

不过她无心出去游玩，真疑心自己得了自闭症。

这一天，是苏眉的十七岁生日。

自从爸爸走后，苏眉的每一个生日都过得很简单，最多也就是妈妈多做几个菜或者收到好友送的几份简单的生日礼物。记忆里最深的还是十六岁那年的生日，因为收到了陈歌为她画的一幅画，这份礼物让苏眉在很长的一段时间里陷入对过去的冗长记忆而无法自拔，喜欢一遍一遍地回想和陈歌在一起的每一个片断，再将它们一一地记录下来，惟恐将来会忘掉某些细节。

就这么一晃，一年就过去了。什么都没有忘记，只是没有权利再想起而已。

不会再有人记得她的生日，就连妈妈也没有提起。早上起来的时候，妈妈像往常一样去上班，吩咐苏眉在家好好看书。看着妈妈关门而去的背影苏眉伤心透了，在这个世界上，不知道会有多少母亲忙得忘掉自己女儿的生日。伤心之余，苏眉刻意要让十七岁的生日过得寂寞。

但自从妈妈上班后，苏眉就觉得自己在等待什么，也许是一个电话，也许是一声门铃响，看起书来也神情恍惚。十点左右，门铃还真的响了。苏眉几乎是从沙发上跳起来开门的，进来的是笑吟吟的倪蔚佳和叶莎。

两人一进门就齐声冲着她大喊："祝阿眉眉生日快乐！"

一大早天就很热，两人又是骑了好长时间的车，身上都汗涔涔的。苏眉赶紧开空调，并拿冰冻的饮料给她们喝。

"你们还算有良心。"苏眉甜滋滋地说。

"什么话？"倪蔚佳说，"为你的生日我们可没少费工夫！我练了新歌，莎莎还特意排了舞，想不想看？"

"想想想。"苏眉说，"快快表演！"

倪蔚佳笑着说："我们都是专业水平，哪能说演就演的？"

叶莎看着疑惑的苏眉，说道："你的生日Party可全是我们倪小姐一手操办的，她没少费工夫啊，正得意着呢！"

倪蔚佳站起身来，对着苏眉一弯腰说："下午两点，天涯歌舞城苏眉小姐生日Party，敬请主角光临！"

"呀！"苏眉说，"你也搞得太大了吧！我真有点吃不消！"

“这叫近水楼台先得月！我天天在那里唱下午场，再加上林扬帮忙，只用很少的钱就把场子包下来了。我请了不少的同学，你看还有什么人要请，尽管打电话。”倪蔚佳说，“人多才热闹！”

“我们倪小姐现在是挣钱的人了，唱一场就得不少钱，”叶莎说，“敢买三百多块的背包和二百多块的帽子，你可别替她省，只管多叫些人来吃她喝她！”

倪蔚佳则把胸脯拍得啪啪响，说：“为了阿眉眉，我倾家荡产也在所不惜！”

苏眉真感动了，看着她们说：“我还真是没想到，太出乎我的意料啦。”

“快打电话吧。”倪蔚佳说，“特别是陈歌，你过生日他可不能缺席，让他把女朋友一起带来好了。”

说到陈歌，苏眉的脸色一下子就暗了下来，不过她不想让别人看出来，赶紧说：“好的，就是不知道他有没有空。”

“他那么疼你，没空也会抽空来的。”倪蔚佳说。

“疼我？”苏眉吃惊地看着倪蔚佳，不知道她为什么会说出这样的话来。

“你可别没良心。”倪蔚佳说，“还记得初三那年会考，老是下雨，你妈妈没空，陈歌天天接送你，让我们这些没有哥哥的好羡慕啊！差点跳楼！！”

“呵呵，”苏眉说，“今时不同往日嘛，人家恋爱了，哪还有空管我？”

“你怎么像在吃醋？”倪蔚佳嘻嘻哈哈口无遮拦地说，“你还能不准人家恋爱啊？总不能等你长大娶你吧，你离法定婚龄还早着呢！”

“呀呀呀！”叶莎对苏眉说，“倪蔚佳就是没好话，你别介意。”

“我才不上她当，大热天的留点力气对付太阳。”苏眉犯愁说，“你们弄得这么隆重，下午我穿什么才好呢？”

“你穿什么都好看。”叶莎说，“完全不必担心。”

“是的。”倪蔚佳说，“叶莎在这里陪你打扮，我要先到现场准备去了。记得下午打车过来，不然像个汗流浃背的公主就不漂亮了。”倪蔚佳说完就匆匆忙忙地去了。

苏眉对叶莎说：“其实我真没心情过生日，只是不想拂佳佳的好意。”

“她是看你心情一直不好，”叶莎说，“这份好意你可要领。你不是总对我说没什么事过不去的吗？还说什么时光会带走一切。”

“呵呵，”苏眉说，“劝别人总是那么容易。”

“你就是什么事都放在心里，却又总能一眼看穿别人的心事，这是否太不公平？”叶莎埋怨说。

“真没什么，”苏眉说，“最近和妈妈关系有点僵。”

“我相信你会处理好。”叶莎说，“我没见过比你更成熟的女孩。”

“谢谢你，莎莎。”苏眉握住她的手，叶莎纤细无比的手指很优雅地放在苏眉的掌心中。

苏眉问她说：“你最近还好吗？”

“我还是决定下个月跟着他去南方度假，我知道和他之间永远也不可能，但我不想错过和他单独相处的这个机会。一辈子也许就这一次了，我无法说服自己放弃。”

“你爸爸妈妈没有察觉吗？”

“除了你，我想不会有人知道我的心事，所以我才佩服你。”

“那么，小心点！”苏眉说，“防人之心不可无，一定要保护好自己。”

叶莎沉默了一下，说：“眉眉，我还是相信这个世界是美好的，爱也是美好的。我不想往丑的方向想。”

“说话文绉绉，”苏眉笑话她，“到底是和作家打交道的人！”

“我倒是真的常常和他聊天，不过……是在网上。他教给我很多道理，只是从来就不知道是我。”叶莎满意地说，“网络真是神奇和可爱。”

“开心就好。”苏眉说。

“你也要开心。”叶莎说，“十七岁了，以前我做梦都想十七岁呢。”

“以前我也是，可真正到了十七岁却又怕老怕得要命。”苏眉笑起来，“女生是不是都这样傻傻的？”

“是可爱，不是傻。”叶莎从包里拿出一本张晓风的散文集，说，“我可不像倪蔚佳财大气粗，不过还是希望你喜欢我送你的生日礼物。另外，下午我还会为你跳支舞，叫《画魂》，可是我特意为你排的。”

“真好。”苏眉接过书，兴奋地说，“知我者莎莎也，我正想买这本书。而且你还要为我独舞，我还以为只有朱尔才有这个待遇呢。”

“友情往往比什么都重要。”叶莎说，“你说呢？眉眉。”

“是。”苏眉很真心地说。

叶莎的头就那样轻轻地靠在苏眉的肩上，空调房里的气温让人想不起这是夏天，只有女孩裸露的健康的手臂暗示着这是一个浪漫而火热的季节。苏眉多日阴暗的心情就这样被友情洗得一片晴朗。是啊，青春短暂得像一声鸽哨，老是这样自怨自艾或者为某一件事伤心实在是没有必要。

想通了的苏眉从叶莎身边起来，拿起电话，当着叶莎的面拨通了陈歌的手机。

电话通了，是久违的声音在向自己问好，苏眉一听那声音就忍不住想哭，眼睛里有雾气不知不觉地升上来。她尽量平静地说：“是我，眉眉。”

“知道啊，”陈歌说，“正想给你打电话。祝你生日快乐啊！”

“你记得？”苏眉不相信地问。

“妹妹的生日能不记得？”陈歌说，“一直想来看看你，就是最近太忙。你不会怪我吧？”

“哪里的话！”苏眉说，“下午有空吗？我同学在天涯歌舞城为我搞了个生日Party，我想邀请你和雪薇。”

“是吗？”陈歌高兴地说，“妹妹你真是气派啊，我们一定会来的！”

“谢谢。”苏眉说，“那我挂了。”

“好，下午见。”陈歌也挂了电话。

生日Party定在下午两点。

叶莎陪着苏眉在家里试衣服，试来试去还是“淑女屋”的白色长裙最好看，那衣服是周阿姨送的，很贵，款式有些许的夸张，妈妈不准她穿到学校去。叶莎直夸好看，苏眉也就决定穿它了。

到了“天涯”才发现倪蔚佳真是有本事，除了高中班上的同学，她还请来了不少初中时的同学。大家见了苏眉都一下子拥了过来，生日礼物堆了大大的一堆。这些亲切的老面孔让苏眉激动得脸都红了，一一地和大家打招呼，还给了倪蔚佳一个大大的拥抱。

倪蔚佳在她耳边说：“阿眉眉，你今天要是不乐我跟你急！”

“现在就乐晕了。”苏眉做出一副晕倒状。

“小寿星吗？”林扬从边上走过来，“你今天想唱什么歌尽管说，我替你伴奏。”

“谢谢。”苏眉说，“你是林扬吧，上次我们学校艺术节的时候我见过你，听说你是江城第一把吉他？幸会幸会！”

“不敢当。”林扬说，“为人民服务。”

“快把节目报给我吧，”倪蔚佳说，“准备表演什么？”

“我不会唱不会跳，想朗诵一首我自己写的诗，可以吗？”

“当然可以。我这就去告诉司仪。”倪蔚佳说，“小才女露一手吓不死人，也要感动死人哩。”

叶莎笑着拉苏眉坐。苏眉刚一坐下，就看到陈歌和雪薇从门口走了进来，赶紧又站起身来去迎接。雪薇一见苏眉就嗔怪地说：“放假了也不去我那里玩玩？过生日说得这么急，害得我都没时间好好挑礼物。”

“别责怪她。”陈歌说，“她学习忙嘛。”

“你哥哥可真护着你。”雪薇笑。

“今天她过生日啊。”陈歌朝苏眉伸出手去说，“妹妹生日快乐。”

苏眉犹豫了一下，还是握住了陈歌的手，说：“谢谢陈歌，谢谢雪薇。”

“我们替你挑了条裙子，”雪薇递过一个精致的盒子，说，“希望会合身。还是陈歌挑的呢，他说你一定会喜欢。”

苏眉注意到雪薇说的是“我们”，心里难免有一点酸酸的。其实她更希望收到陈歌单独送的礼物，什么礼物都不要紧，只要是他送的，自己一定会喜欢。雪薇甜甜地笑着，苏眉不允许自己再想下去，赶紧谢谢接过，招呼他们坐下喝茶。

整个Party在倪蔚佳的精心策划下热闹极了，吃的吃，聊的聊，看的看，唱歌的唱歌，跳舞的跳舞，蹦迪的蹦迪。终于轮到陈歌和雪薇唱歌，陈歌说："今天是妹妹十七岁的生日，看到这么多朋友来给她祝贺生日，我很开心。我和雪薇为大家献上一首《水晶》，祝妹妹生日快乐，日子像水晶一样永远干净透明。"说完他们就开始唱了，珠联璧合的歌声赢得了满堂喝彩。歌词说："我和你的爱情好像水晶，美丽温柔安静又透明。我和你的爱情好像水晶，独特光芒交汇你我眼里……"

倪蔚佳一直在忙来忙去，陈歌他们唱歌时她才有空坐到苏眉身边，说："他们可真是金童玉女。"

苏眉点头说："陈歌总算找到了自己的幸福。"

"你也会有的，"倪蔚佳说，"十七岁了，长大很快的。"

"你有了吗？"苏眉看着台上的林扬说，"怎么不叫曾伟来？"

"我们早结束了。"倪蔚佳说，"从此不谈爱情。"

"看破红尘也太早了些啊。"苏眉说，"少骗人！也许有新的故事发生瞒着我和莎莎吧，小心我们对你不客气。"

"我就知道你们会瞎想。"倪蔚佳指指台上的林扬说，"哥们儿，纯属哥们儿。"说完又匆匆地忙她的去了。叶莎凑过头来咯咯笑着对苏眉说："她这哥们儿对她还真不错呢。"

"等着看你跳舞，"苏眉说，"怎么还不到你？"

"好的总留在后面啊，"叶莎笑着说，"你的诗朗诵排在最后一个呢。”

“真紧张。”苏眉说，“我这人不怎么上台的。”

“没事，保证好。”叶莎鼓励她。

说到这里的时候陈歌他们正唱完走下台来，苏眉向他们伸出大拇指，雪薇吐吐舌头回应她，陈歌则拍拍雪薇的头表示亲昵。叶莎也说：“真是金童玉女。”

苏眉黯然。

不一会儿陈歌也过来坐到苏眉身边，说：“Party很不错啊，搞得很有特色，以后我们班的活动也可以借鉴借鉴。”

“都是倪蔚佳的功劳，她够义气。”苏眉说。

“你不表演节目？”

“在最后，”苏眉说，“诗朗诵。”

“哦，谁的诗？”

“我自己写的，”苏眉今天还是第一次勇敢地面对着陈歌的眼睛，“你会认真听吗？”

陈歌的眉毛又习惯性地动了一下，然后苏眉听到他说：“当然。”

终于轮到苏眉表演了，她走上台，发现自己其实一点也不紧张。林扬低声对苏眉说：“看过你的诗了，我们乐队给你配‘神秘园’的一支曲子，保证你满意。”刚刚说完音乐已经响起了，苏眉深深地鞠躬，说：“今天我真的很高兴、很幸福，送上一首诗表达我的心意。”说完便开始了她的朗诵。苏眉的声音带着少女清脆的甜味，和音乐完美地结合起来，令现场的人全都屏息聆听。

世界是一个装满秘密的箱子
被我缓缓地推动
他曾赐我以阴凉的光辉
让我的目光
越过年少燃烧的激情
寻找那只飞越青春的鸟儿
我是风
是花
是露水
是某个微笑着的女孩子的命运
没有人比我更厌恶这个世界的污秽
也没有人
比我更爱这个世界的纯洁
这个夏天
被暴雨冲刷后的街一直沉默
我蹑手蹑脚走近我的十七岁
生怕惊醒了一朵沉睡的花
还有为你
已经风吹草动的心事
世界是一个装满秘密的箱子
阳光

海滩

挤满人群的都市

还有梦

还有梦

还有梦

梦里童话中的黄金宫殿和深深的花丛

我不想说再见

是因为时间对永不衰老的人不再有用

在我故意打翻的颜料盒子里

有鸟飞出

他投奔的方向有微微的光和长长的寒冬

让我也展一展翅

或者化作一缕烟

飞过你的额角

哪怕只是一个幻觉

也可以让我在十七岁的第一个夜晚来临之前

在群星诧异的注视下

把心事自由地消散在天空

……

苏眉的朗诵给她的生日Party划上了一个圆满的句号。才一下台，倪蔚佳就激动地抱着她喊："盖了帽了！你把我捧成了本年度最佳导演！”

苏眉抱着倪蔚佳，眼光轻轻地掠过陈歌，她看到陈歌也在看她，眼光里竟有她从未见过的一种欣赏和关注。然而他们只对视了两秒，苏眉就不露痕迹地别过了头去。

那晚回到家是在六点左右。

妈妈坐在客厅里，餐桌上放着一个小小的生日蛋糕。

苏眉正沉浸在刚才的喜悦里，见妈妈原来还记得自己的生日，更是喜上加喜，主动对着妈妈说道：“你今天回来这么早？”

“没想到吧？”妈妈冷冷地说，“我还真以为你天天在家做乖乖女呢？”

苏眉犹如被一盆凉水从头浇到底，惊讶地说：“妈妈你什么意思？”

“别问我什么意思，先说你今天去了哪里。”

“朋友为我开的生日会，我去参加了。”

“什么朋友？”

苏眉尽量克制自己，说：“倪蔚佳她们。”

“在哪里？”

“天涯歌舞厅！”

“胡闹！”妈妈把手里的茶杯用力地往地板上一掷，杯子碎了不说，到处溅的是水花。妈妈脾气是大，但苏眉也没见过她对自己发这么大的脾气，一时不知道说什么好，眼泪又哗啦哗啦地下来了。

“别给我哭！一点羞耻心都没有！有什么好哭的？”

苏眉真没想到妈妈会这样形容自己，她看着妈妈，一字一句地说：“请不要糟蹋你自己的女儿！”

“那你首先不要糟蹋你自己！”

“我没有！”苏眉朝着妈妈大喊。

“没有？看你穿成什么样，这衣服我不是告诉过你不许穿吗？还有，舞厅是什么地方，这么点年纪跟他人搂搂抱抱成何体统？”

“不是你想象中那样的！”

“少跟我争辩！我过的桥比你走的路多！”

“你真是不可理喻，难怪爸爸不要你！”苏眉被妈妈逼急了，一句话不经大脑就直冲而出。

就是这句话彻底地击垮了妈妈，苏眉看到妈妈的脸色在瞬间变得苍白，她跌坐在沙发上，好长时间也不说话。苏眉有些怕，又有些恨，仿佛过了很久，苏眉给妈妈倒了一杯水，回了自己的房间。

两天后，妈妈晕倒在商场的童装柜前。

接到电话后苏眉就慌了手脚，几乎是下意识地第一个通知了陈歌。

陈歌差不多是和苏眉同时到达医院的。隔着病房的玻璃看去，妈妈正在输液，医生不让进，说是还要让妈妈安静一会儿。苏眉着急地问医生说：“我妈妈要紧吗？”

“说要紧也不要紧，说不要紧也要紧。”医生叹气说，“积劳成疾，她太累了，一定要好好休息。不爱惜自己的生命是不行的。”

“李阿姨就是要强。”陈歌对苏眉说，“你要好好劝劝你妈妈。”

“她不是累的，”苏眉扁扁嘴，又想哭，“是被我气的。”

“我知道。”陈歌说，“你妈妈昨天找过我。”

“只要她好好的，”苏眉说，“我什么都可以不计较。她是我惟一的亲人。”

“不会有事的。”陈歌说，“你别瞎想，别忘了还有我这个大哥，有什么事我陪你一起度过。”

“我妈妈跟你说了些什么？”

“她只是说你最近心情不好，而她又要出差了，让我有空到家里看看你，她不放心。”

苏眉真不相信陈歌的话，她一直以为，妈妈会拒绝自己和陈歌交往。

陈歌又说：“我跟你妈妈聊了很久。你妈妈很自责，说是不该不信任自己的女儿，只是自己的婚姻失败，总怕你重蹈覆辙。”

“妈妈从不跟我说这些。”苏眉说。

“我早说过，这个世界上没有不爱自己女儿的妈妈。那天你生日，她其实根本就没有忘记，她请了假，四点钟就回到家了，买了蛋糕和好多好吃的菜，希望跟你好好谈谈。结果你不在家，

她当然会难过，所以口不择言。”

苏眉靠在陈歌的身上轻轻哭了起来。

一个女孩拎着一大袋水果走近他们，是雪薇。苏眉惊慌失措地从陈歌的身上移开，雪薇则开朗明亮地笑着，问苏眉说：“阿姨怎么样了？”

“没事了，”苏眉不敢看雪薇的眼睛，“谢谢你。”

“谈什么谢？”雪薇说，“应该的啊。”

医生过来叫交费，陈歌去了。雪薇笑笑，在苏眉边上坐了下来。苏眉终于鼓足了勇气说道：“请别误会我和陈歌。”

“呵呵，”雪薇笑了，摸摸她的头发说，“傻女孩，我早知道你喜欢他。”

“陈歌说的？”

“还记得你有一次打陈歌的电话吗？是我接的，其实从那次起我就知道了。”

“那你还让他和我交往？”苏眉吃惊极了。

“你们没怎么样啊。”雪薇说，“我相信你们，也对自己的爱情有完全的把握。”

苏眉心服口服。

“你没有错。”雪薇搂着苏眉的肩膀说，“我真喜欢你那天读的那首诗：世界是一个装满秘密的箱子……在我十七岁的时候，我也曾暗恋过高三的一个男生。走在校园里，我常常心里盼望，眼睛张望。他毕业的时候，我绝望极了，我曾以为看不到他的日子我会活不下去，结果是我活得很好，还找到一个比他好得多的男朋友。”

“所以，”雪薇又说，“相信姐姐，你一定会比你想象中的还要幸福，所有的不愉快都会成为过去，并被岁月沉淀成最美好的回忆。”

苏眉感激地对着雪薇点了点头，心里想：什么时候可以做到像雪薇这样，那才算是真正地长大了。

以前那些沾沾自喜的成熟，真可谓是不值一提呢。

夏天来了

啦啦啦

穿上我的花裙子

戴上我的花草帽

天很蓝

我很美

盼着和你的约会

不停旋转的金缕鞋

倪蔚佳在镜前转身，满意地看着镜中的自己。

她化的是今夏最流行的透明妆，唇彩涂得厚厚的，嘴嘟起来，像一粒透明的小果冻。

从暑假一开始，倪蔚佳就在“天涯”唱下午场。她学会了穿前卫的衣服，化前卫的妆。倪蔚佳站在台上唱情歌，没有人相信她只有十七岁。

爸爸和妈妈还在闹离婚，从春天一直闹到夏天，闹到妈妈筋疲力尽，也无力再管倪蔚佳。只要不晚归，妈妈也就睁只眼闭只眼了。倪蔚佳乐得在外面悠闲，天再热也不怕，抹一点薄薄的防晒霜，照样在太阳底下疯跑，要不，就是在灯光闪烁的舞厅里摇着臂膀轻轻地唱。

书，是一点也看不进去了。

至于曾伟，仿佛已成为一个非常遥远的过去式，有时想想也曾天天和他在一起，趴在桌子上认真地看书和做题，也曾拼了命地想做一个好学生，想和他一起到北京上大学，或者一起出国，一起在巴黎的大街上手牵手地散步。

那时的自己，真不像自己啊。

倪蔚佳常常想不知道什么是真正的爱情，可是又好像是真正地爱过曾伟的，不然不会心甘情愿地为了他而改变。在倪蔚佳看来，曾伟也是一个很聪明、很有心计的男生。当那个莫名其妙的吻在不经意中浮上心头的时候，倪蔚佳也没有想过后悔，他是自己喜欢过的人，初吻给了他也是应该的吧。

只是倪蔚佳自己也不明白，为什么说不喜欢就不喜欢了。连看他走路的样子，也会觉得有些不顺眼。最最重要的是，面对倪蔚佳的冷淡曾伟并没有作出任何的反应，这让倪蔚佳的自尊相当受损，怀疑他根本没爱过自己，更怀疑他早就想作出和自己相同的决定。这场令全校师生跌破眼镜的早恋开始和结束同样地猝不及防。

在这之后，倪蔚佳和曾伟之间只有过一次谈话，是在放假前拿成绩单的那一天。

也许是把自己想象得太糟糕了，拿到的成绩竟比想象中要好出许多。想到对妈妈可以交差，又可以过一个快乐的暑假，倪蔚佳的心情相当不错。

那天轮到倪蔚佳他们组做清洁，苏眉考得不好，叶莎急着回家上网，都没有等她。清洁做得差不多的时候，倪蔚佳发现曾伟背手站在走廊里。他这次又是雷打不动的全年级第一，运筹帷幄的模样让倪蔚佳再次惊觉他的可爱之处。

走过他身边的时候，倪蔚佳忍不住说：“恭喜。”

“彼此。”曾伟也相当地客气。

“托你的福。”倪蔚佳说。

“那为什么不肯一直托下去呢？”曾伟声音很低，眼光却是咄咄逼人地看着倪蔚佳。

“你不是怕吗？”倪蔚佳恨恨地说，“你连我的电话都不敢接。”

“你真笨。”曾伟说，“这叫伎俩，要知道不允许生存的东西想要生存下去是需要手段的。你那么介意完全没有必要。”

“别为自己的胆小找借口，”倪蔚佳说，“我从不强求他人，这一点你大可放心。”

“那么，我从不强求自己。”曾伟说。

“那多好。”倪蔚佳笑笑地说，“两不相欠。”

“你会后悔的。”曾伟说，“其实，你完全可以追求更高品质的生活。只可惜你一叶障目。”

“你是什么意思？”倪蔚佳问。

“舞厅里的那小子，”曾伟说，“他能给你什么？”

倪蔚佳的脸一下子就涨红了，她真的没想到曾伟会这样地来看自己。她不允许他看轻自己的朋友，愤怒地说：“曾伟你太自以为是了。”

“是吗？”曾伟说，“我赌你会后悔。”

“猪。”倪蔚佳气呼呼地骂完，转身就走掉了。

第二天，倪蔚佳就答应了林扬到“天涯”唱下午场。由于还未成年，老板对她很是苛刻，要求和条件一大堆，林扬还在旁边帮着她说了不少的好话才不至于吃太大的亏。不过倪蔚佳无所谓，她只是希望在漫长的暑假里有点事情做，有个地方可以自由自在地唱歌，其他的都不是太重要。

签约后林扬递给倪蔚佳一罐啤酒，说：“庆贺一下？”

倪蔚佳很爽快地跟他碰杯，说：“希望以后合作愉快。”

“我的眼光不会错，”林扬说，“一有机会你就会红。”

“红了请你喝酒。”倪蔚佳说，“五粮液。”

“那敢情好。”林扬说，“我等着。”

倪蔚佳其实不擅喝酒，喝了几口后，头有点晕，心里闷得慌，不知不觉地就跟林扬讲起和曾伟之间的故事来。

林扬不插嘴，倪蔚佳一直不停地说，他就一直很认真地听，听完后惊叹说：“真想不到现在的中学生心智上可以这么成熟。说实话，我念高二的时候，屁都不知道。”

“你竟然讲粗话。”倪蔚佳对林扬说。

“管他妈的，我是粗人。”林扬笑眯眯地说，“但活得真实，活得自在。”

“我真恨他。”倪蔚佳说，“他以为世界在他手中，而我是那样地不知好歹。林扬，我真恨他啊。”

“没必要。”林扬哈哈大笑，说，“冷漠更具杀伤力。”

“对。”倪蔚佳点头说，“冷漠，从此视他如透明人。”

“再不想去巴黎？”偏偏林扬还刻薄。

这回轮到倪蔚佳哈哈大笑。

在舞厅唱歌的日子真是快活，一首一首的好歌轮着唱来唱

去，唱到酣处，真就像林扬说的，有飞一样的好感觉。由于倪蔚佳学歌快，记性也好，什么歌都会唱，没过多久就有一些人专来捧她的场，令老板笑逐颜开。

客人不多的时候，老板还会同意他们唱唱原创的作品。林扬真是非常有才，他写的歌不是很大众化，但是非常耐听，也特别适合倪蔚佳演唱。所以倪蔚佳来了没多久林扬就宣布他们的乐队正式成立，他为乐队起的名字也很有意思，叫“眉飞色舞”。

倪蔚佳很喜欢这个名字，也喜欢林扬创作的同名歌曲《眉飞色舞》。它的歌词和旋律都很简单，却令人回味无穷。

夏天来了
啦啦啦
穿上我的花裙子
戴上我的花草帽
天很蓝
我很美
盼着和你的约会

你来了
啦啦啦
夏天天正好
空气有香味
我随着音乐摇摆

我很美

我为你眉飞色舞

为你陶醉

……

林扬跟倪蔚佳讲解这首歌时说：“想着自己爱的人，唱得自己眉飞色舞，就一定能达到我的要求。”

“我没有爱的人。”倪蔚佳说。

林扬笑笑说：“那就想周润发？”

“太老，没感觉。”

“谢霆锋？”

倪蔚佳做出呕吐状。

林扬说：“你要求还真高，看来只有想我了。”

倪蔚佳傻傻地笑，说：“好。”想了想又说：“没准有一天我们真会很有名，想你也不致于太吃亏啊。”

“你希望有那一天吗？”林扬问。

倪蔚佳歪了一下头，说：“想。”

“那就好好唱。”

“是！”倪蔚佳站直了，朝着林扬“哗”地敬一礼。

“八婆。”林扬骂。

倪蔚佳不回嘴，因为她开心。很久不敢想的理想又再次回到倪蔚佳的心里，倪蔚佳在那一瞬间想到曾伟，这一定是让曾伟嗤之以鼻的理想。可是管他呢，她和曾伟注定不是一条道上的人。当倪蔚佳从老板的手里接过平生第一笔报酬并爽快地将它花出去的时候，倪蔚佳对人生有了许多新的认识，拼死拼活地念书，还不就是为了能养活自己吗？能做自己喜欢做的事，又能有饭吃，还敢想将来，真是三全其美啊。

如果能这样唱一辈子，倒也不错。

“去他妈的巴黎！”倪蔚佳在心里粗鲁地说。她发现讲粗话还真是痛快，就像林扬说的，真实而又自在。

夏天的一个傍晚，凉风习习。被太阳烤了一个多月的江城人总算有了点喘息的机会。倪蔚佳唱完歌从舞厅出来，手里捏着老板才给的工资，想起还该买几套衣服好登台，林扬说她的衣服都太孩子气了些。于是，她打电话约苏眉陪她逛街做参谋。

倪蔚佳在电话里对苏眉说：“到你妈妈商场，找她老人家打打折可否？”

“行。”苏眉说，“我妈妈今天要到八点才下班，我正好接她一起回家。”

“真孝顺，”倪蔚佳说，“要是我妈妈准乐歪了嘴。”

“我妈妈最近身体不好。”苏眉解释说，“其实我平时老气她呢。”

挂了苏眉的电话，倪蔚佳想起自己妈妈其实身体也不太好，心情也不好，也该多关心关心她了。倪蔚佳打算逛完街也去妈妈饭店接她下班，让她也乐乐。

倪蔚佳和苏眉约在商场的门口见面。暑假里苏眉很少出门，成了个瘦瘦的小白丫头。倪蔚佳却晒得黑黑的，脸上透着健康的红色。两人见面互相羡慕了一番，也难免提到就要到南方度假的叶莎。

倪蔚佳说："跟大作家一起出游，莎莎可真是有福气。"

苏眉说："莎莎家对朱尔可好了，朱尔这人还算有良心。"

"作家嘛，"倪蔚佳煞有介事地评价说，"都是情感动物。"

"但愿她玩得开心。"苏眉说。其实她心里总是有些隐约的担心。倪蔚佳这人一向粗枝大叶，关于叶莎的秘密，苏眉不想在她面前提起，就止住了话题。

商场里的衣服还真是不错。倪蔚佳虽然不算很漂亮，但身材好，是天生的衣服架子。她也不挑剔，没多久就相中好几件。有了苏眉妈妈的帮忙，也省了不少的钱。倪蔚佳喜滋滋地拎着一大包东西，执意要请苏眉到六楼的咖啡屋坐坐。

妈妈拍拍苏眉说："你们去吧，反正我下班还有一会儿，完了我请你们去肯德基。今天回家也懒得做饭了。"妈妈说完又替倪蔚佳把手里的袋子接过来，说："东西放在我那里，拎来拎去的多不方便。"

"谢谢阿姨。您真是平易近人。"倪蔚佳的嘴就是甜。

妈妈笑笑走开了。

倪蔚佳对苏眉说："你妈妈真的很亲切呢，一点也不像报上说的那种女强人。"

“我妈妈是变了不少。”苏眉说，“一个家就我们两人，相依为命，现在我们都在尽量学会不互相伤害。”

“我爸爸和妈妈老是离不掉。”倪蔚佳叹气说，“跟我爸爸这种人说不清，明知道妈妈和他的心早都不在一块了，不知道还非要拴在一起做什么？”

“上一辈的恩怨我们无法管，”苏眉安慰倪蔚佳说，“你也别想得太多。”

说着说着，到了咖啡屋的门口。这家商场里有不少落脚休息的地方，就数这里最幽静和高档，当然东西也最贵。第一次还是曾伟带倪蔚佳来这里的，他说喜欢这里的气氛。也许这就是他所向往和追求的那种高品质的生活吧。

黄昏时分，咖啡屋里人不多，倪蔚佳和苏眉刚一抬腿进去，就看见曾伟和夏小妮坐在角落的一张桌子边，头碰头，喝着同一杯橙汁。

倪蔚佳的脑子里“嗡”的一声，下意识地拉了苏眉要往外走。苏眉稳住她，低声说：“怕什么？别没出息让人笑话。”

想想也是，倪蔚佳听从苏眉，找了个位子坐下来。

小姐过来问她们要喝点什么，倪蔚佳扬声说道：“西瓜汁。要现榨的！”

那边的眼光迅速地飘了过来。看到苏眉和倪蔚佳，他们显然也是吃了一惊。

苏眉微微笑着，若无其事地抬手和他们打招呼。倪蔚佳却到底是没忍得住，低头骂了一句："他妈妈的！"

她本来是想在心里骂的，不知道怎么就骂出了口，声音还不小。那边一定是听见了，也没理会，两人匆匆结了账就离开了。

"这个曾伟！"苏眉说，"还真看不出来。"

"大家都说是我的错。我只恨自己没带相机，给他们拍个照，贴到校门口，我倪蔚佳才能洗掉不白之冤。"倪蔚佳愤愤不平地说。

"算啦。"苏眉说，"还能跟这种人计较？"

"那是。"倪蔚佳说，"掉了我的档次！"

说是这么说，倪蔚佳心里还是堵得慌。曾伟和夏小妮坐过的位子是她和曾伟曾经坐过的，那喝水的姿势也是他们曾经有过的。什么都一样，相信连台词都该是一样，只是换了女主角而已。

苏眉见她沉默，便问："你爱过曾伟吗？"

"不知道。"倪蔚佳摇摇头说，"就像梦，我从头到尾糊里糊涂。"

"看来不懂爱情的时候还是离爱情远点好。"苏眉说。

"完全同意。"倪蔚佳说。

出了商场的门，晚霞已在天边微微地燃烧。苏眉妈妈邀请倪蔚佳跟她们一起到肯德基，倪蔚佳摆手说："不了，我也去接我妈妈下班。"

"那就去吧。"苏眉亲热地挽着她妈妈，"你难得孝顺，我也不拦你。"

“瞎说瞎说！”倪蔚佳不满，“我是不愿意做你们的电灯泡！”说完嘻嘻哈哈地骑上车走了，大包小包在龙头上挂着，煞是招摇。

没骑多远却看到夏小妮，她推着车站在路边，正在朝自己挥手。

“其实我们没什么的，”夏小妮开门见山，“我跟曾伟只是朋友，希望你和苏眉不要乱讲，可以吗？”

“乱讲？”倪蔚佳说，“你大可放心，我和苏眉都不是乱讲的人，要讲我们也只讲亲眼看到的事实。”

“我想你误会了。”夏小妮还在“此地无银”。

“我知道，”倪蔚佳讥讽地说，“你们在谈工作。”

“我特意在这里等你的。”看得出来夏小妮真有些着急，“曾伟抛弃你真的跟我无关，我不希望你误会。”

“抛弃？”倪蔚佳瞪大眼说，“我们的事你知道多少？”

“对不起，也许是我用词不当，不过我想……”夏小妮吞吞吐吐地对倪蔚佳说，“你常常在舞厅，好多事见惯不怪，可是曾伟他很介意。”

“介意？”倪蔚佳有些疑惑，“介意什么？”

“还用我说吗？”夏小妮做出为难的样子。

“不用了。替我做件事，好吗？”倪蔚佳装作沉思了一下，说，“做完了，你们的事我保证不说出去。”

“什么事？”

“狠狠扇他两巴掌！”倪蔚佳说完，不顾夏小妮在身后的喊叫，骑上车扬长而去。

真不明白他们这些优等生，胆子怎么这么小，敢做就要敢当啊，要么就别做，倪蔚佳打心眼里瞧不起他们。转念又想他们其实也瞧不起自己，再又想就这样互相瞧不起却还和他发生过一些故事，心里就恨得痒痒的。倪蔚佳骑着车在街上横冲直撞，没多久就骑到了妈妈的餐馆门口，累得要命。因为肚子饿得咕咕叫，倪蔚佳决定先到厨房里找点吃的再说。

妈妈正在忙碌，见了倪蔚佳便停下来问道：“吃了没有？手里拎的是什么？”

“漂亮衣服。”倪蔚佳说，“唱歌的时候穿的。”

妈妈叹口气说：“也没空管你。”

“我洁身自爱的，妈妈你放心。”倪蔚佳手里已抓了个黄金饼吃起来。

“马上高三了，你就没点计划？”

“妈妈你以前不爱唠叨啊，”倪蔚佳说，“现在怎么搞的？你要小心更年期综合症啊。”

妈妈被倪蔚佳说得笑出来，吩咐厨房里给她做碗面条，又忙去了。

倪蔚佳坐在角落里呼哧哧吃着面条的时候，突然听到走廊里传来压低了声音的吵闹声，这种声音对于倪蔚佳来说实在是太熟悉了。——爸爸又闹到餐馆里来了！不用说，肯定又是赌输了来跟妈妈要钱的。

倪蔚佳丢了碗冲出去。妈妈见倪蔚佳出来，直做手势让她进去。爸爸见了她却是分外高兴，高声叫住她说："别走，让你妈掏钱，我走！"

"凭什么？"倪蔚佳鄙夷地看着他说，"你自己没手没脚吗？"

"好啦，好啦。"怕他们父女又起冲突，妈妈从口袋里掏出一把钱来递给爸爸，说，"你走吧，走吧。"

"我就不信你不给，"爸爸得意洋洋地接过，说，"就是，你有了个赚钱的女儿，还怕没钱用吗？"

"你什么意思？"妈妈盯着他。

爸爸对着倪蔚佳扬扬下巴颏，说，"她不是在舞厅里做舞女？你可别告诉我你不知道啊。"

"你胡说八道！"倪蔚佳尖叫着朝他直冲过去，"你把妈妈的钱还给她，有种的你自己养活自己，少来这里胡说八道！"

走廊很窄，妈妈一把拦住她，低声对她说："佳佳，你忍着点，妈妈还要做生意。"倪蔚佳听妈妈的话，没有再往前挣，只是呼呼地喘气，用很凶的眼光盯着爸爸。

爸爸拿到了钱反正是遂了心愿，也许也是忙着去赌，没再说什么，转身飞快地走掉了。

有服务员端着盘子过来。妈妈放开倪蔚佳，又忙去了。

那天餐馆到十一点多才打烊。看着妈妈那么累，想着那么不争气的爸爸，倪蔚佳真是心疼妈妈。她乖乖地跟在妈妈后面帮着收拾、锁门什么的，生怕再说什么让她不开心的话，大气也不敢出。

母女俩推着车走在回家的路上。大地还在蒸发着白天剩余的热气，星星却已遥遥地亮起来，像儿时妈妈温暖的眼睛。

倪蔚佳终于忍不住，问道："妈妈，爸爸那么混账，你当初为什么要跟他结婚？结了婚，为什么又老是离不掉？"

妈妈站定，说："佳佳你听妈妈的话，别再去舞厅那种地方了。女人要是走错了一步，就是要后悔一生的。"

"我真的只是唱歌。"倪蔚佳说，"妈妈，难道你也不相信我？"

"我相信。"妈妈说，"可你毕竟只是十七岁，妈妈怕你上当。"

"我没那么傻。"倪蔚佳说，"妈妈你尽可放心。"

"是妈妈对不起你，"妈妈说，"没有给你一个完整的家。妈妈当年就是做了错事，现在想挽回也来不及了。"

"什么错事？"倪蔚佳好奇地问。

"你还是不知道的好。"妈妈说。

"是不是我不是爸爸的亲女儿？"倪蔚佳脱口而出。多少年了，这个问题一直在倪蔚佳脑海里盘旋，今天终于问出了口。

妈妈的脸色在瞬间变得苍白，声音略微颤抖地说："谁告诉你的？"

"没谁告诉我。"倪蔚佳倒是显得非常平静，"是我猜的。"

此时她们正经过街心花园，夜风吹过妈妈疲惫的脸庞，她把车子支好，拉着倪蔚佳到路边的花台坐下，说：“看来你真是长大了，有些事也该让你知道了。”

“嗯。”倪蔚佳说，“我好好听着。”

妈妈的声音很缓很慢，仿佛想起那段回忆十分艰难：“当年我未婚先孕，你的亲生爸爸是一个来江城打工的外地人，一听这消息，跑得无影无踪。我死活不肯做掉你，是你爸爸答应和我结婚才保住你的。”

“原来是为了我。”倪蔚佳说。

“他一直以此要挟我，说我要真的跟他离婚他就告诉你真相。”

“我真高兴。”倪蔚佳如释重负地说，“他不是我爸爸。”

“佳佳，”妈妈说，“你可以恨我。但你不可以像妈妈这样做错事。”

“不。”倪蔚佳抱着妈妈说，“妈妈你真伟大，我爱你。”

“你要是没出息，妈妈就永远也抬不起头来。”

“我知道了，”倪蔚佳说，“我答应你不再去唱了，我一定回学校好好念书，考个好大学，让你开心。”

妈妈紧紧地搂住倪蔚佳，什么也没说。

“我保证。”倪蔚佳也抱紧了妈妈，补充道。

那一天下午倪蔚佳去得早，舞厅还没有开始营业。不过乐队已经在彩排。一如既往的灯光闪烁，鼓乐飞扬。有男歌手在轻轻地唱一首倪蔚佳很喜欢的歌：

在那金色的沙滩上

洒着银白的月光

寻找往事依旧

往事依旧迷茫

……

倪蔚佳真喜欢这种气氛，但不能留恋，因为唱完今天，她就要暂时或者永远地告别这里了。就像一个热爱大自然的孩子走进了繁花似锦的花园，而妈妈却在高一声低一声地叫她回家吃饭，不得不走。

林扬见倪蔚佳进来，竖起吉他朝着她来了一段精彩的独奏。倪蔚佳则竖起大拇指来回应他。

坐到吧台旁，向小姐要了一杯啤酒。

林扬取了吉他，跳下台来走到她身边说："不能喝就别喝，嗓子喝坏了可不行。"

"林扬，"倪蔚佳说，"唱完今天，我要走了。"

"胡闹。"林扬说，"我们的乐队刚刚起步。"

"不胡闹。"倪蔚佳说，"是真的。高考完后，你们要是还要我，我再来做主唱。"

"为什么？"林扬说，"不是说好不冲突的吗？你高三的时候我们绝不会占用你太多的时间，这一点你大可放心。"

"林扬，"倪蔚佳看着他的眼睛说，"我是不是一个坏女孩？"

"怎么会？"林扬责备地说，"你是一个会唱歌的小天使。上帝给了你天使般的嗓音，你却拒绝用它给我们带来幸福。"

"天使？你真这么看吗？"倪蔚佳说，"很多人认为我是坏女孩。"

"那是他们没见识。"

"我谈过恋爱。"倪蔚佳说。

"我知道，"林扬说，"和你们班成绩最好的男生。"

"接过吻。"倪蔚佳又说。

林扬笑了，说："你的初吻倒真是比我的早了两年，我念大学的时候才敢吻我喜欢的女孩子，浑身冒汗，三天睡不着。哈哈。"

“所以我是个坏女孩。”倪蔚佳说。

“为了这个不在这里唱歌？”

“不是，”倪蔚佳说，“为了妈妈。我不想她再为我承受不该承受的一切。我妈妈太苦了，只有我考上大学她才会宽慰。”

“真的决定了？”

倪蔚佳看着林扬点点头。

“那么，”林扬说，“今天的开场舞我请你跳，如何？来一曲慢三，嘣喳喳，嘣喳喳，忘掉所有的不快乐，永远地记住我。”

“那我岂不是真的成了坏女孩，”倪蔚佳扑哧一笑，说，“真要带坏我？”

“眉飞色舞。”林扬说，“我带你飞。”

话语之间音乐已响起了，林扬不由分说地拉着倪蔚佳到了舞场中央。

他轻轻地环住了倪蔚佳，带着她在舞厅里旋转起来。奇怪，倪蔚佳并没有跳过舞，可是她跳得非常顺利，甚至没有踩到林扬的脚。

林扬将她略微抱紧了些，倪蔚佳闻到他身上传过来的陌生的气息。这和曾伟抱着她的时候是迥然不同的，曾伟让她别扭，林扬却令她微微地眩晕。

林扬在她的耳边说：“孩子，我真不想放你走。”

“你该叫我坏孩子。”倪蔚佳说。

“你总是要走别人要求你走的路，没有办法。”林扬说。

“我要谢谢你，”倪蔚佳说，“你让我发现自己声音的美好。”

“我想吻你，可以吗？”林扬问。

倪蔚佳吃惊地抬起头来，不过她没有挣脱林扬。她在林扬的眼睛里找到眷恋，看到真正的爱情的样子，但是她知道，舞曲就要结束，一切都来不及开始了。

倪蔚佳闭上了眼睛。

只是林扬的吻始终也没有落下来。

旋转结束的时候，倪蔚佳听见林扬说：“孩子，让我们今天好好合作一次。”

长大后就很少哭泣的倪蔚佳那一瞬间真的想哭。但她拼命地忍住了眼泪，做一个坚强的女孩子，坚强地面对人生的风风雨雨也许比什么都重要。

柔柔的吉他声响起，倪蔚佳唱起那首林扬才教会自己的歌曲——《金缕鞋》：

再为我歌一曲吧

再笑一个凄绝美绝的笑吧

等待你去踏着

踏一双软而湿的金缕鞋

月亮已沉下去了

露珠们正端凝着小眼睛在等待

走呀走回去

在他们的眼上

像一片楚楚的蝴蝶

等待你去踏着

踏一双软而湿的金缕鞋

……

还记得林扬跟她讲这首歌时说：“上帝给每个女孩都造了一双金缕鞋，如果你找到它，穿上它，就一定可以实现自己的梦想。”

倪蔚佳曾为林扬的叙述而心动不已。她对林扬说自己将一直不停地找，直到找到那双金缕鞋为止。林扬笑着说：“你一定行。”

掌声中，倪蔚佳深深俯首。她相信自己已找到了那双金缕鞋，只是要过一段时间，她才可以穿上它。

画中三个神态各异的美少女

穿着很夸张的花裙

在阳光下奔跑

背景是一片黄澄澄的油菜花

苏眉给她的作品起名叫《眉飞色舞》

暑假刚一开始，叶莎就陷入网中不能自拔。

朱尔给了她几个跟高考有关的网站的网址，让她有空上去看看。爸爸弯着腰站在边上研究了半天后服气地说：“你别说，这电脑还挺神奇的。”

“不是电脑神奇，”叶莎纠正说，“是网络神奇来着。”

“呵，你懂得多。”爸爸说，“假期上上网我也不拦你，不过你聊天要少聊。别以为我不懂就可以唬我，成绩单可是白纸黑字唬不了我的。”

“遵命。”叶莎说。

妈妈也跟着啰嗦：“下个月你要和朱叔叔出去玩半个多月，学习一定要安排好了。马上就是高三，马虎不得的。”

“遵命，遵命！”叶莎又说。

“别不耐烦！”妈妈把一块花布往她面前一比，说，“喜欢这花色吗？要出门总要穿得像样些，有空我替你赶做两条新裙子。”

“妈妈真好。”叶莎把脸贴到妈妈脸上，说，“苏眉她们都说你是一级裁缝，做的衣服什么名牌也比不上！”

“这孩子，越来越腻！”妈妈嘴上骂，脸上却笑呵呵的。

等他们都走开后叶莎继续上网。心里有些隐约的内疚，不过她管不了了，心心念念的，就是希望能在网上遇到朱尔。

别看叶莎每天在网上呆的时间长，其实她并不常和别人聊天，总是去那个熟悉的聊天室里用“胆小鬼”这个网名等待“猜猜猜”。除了朱尔，跟所有的人聊天叶莎都会觉得索然无味、无聊之至。据叶莎所知，朱尔那本关于网络的书一直没有写完，心情不好或没有灵感的时候，他都会进聊天室里逛逛。

叶莎的等待没有白费，朱尔渐渐地在网上和她熟悉起来，久而久之两人之间也有了不少共同的话题。叶莎将自己隐藏得很好，以至于朱尔一直以为她是个刚刚参加工作的大学生。不过这种欺骗从未让叶莎觉得不安，因为这就是网络，隔着电脑，谁也不必在乎谁是谁，只要聊得开心，一切都好。

在网上，叶莎亲热地叫朱尔“老猜”，朱尔则亲热地叫她“小鬼”。见了面，往往先来个热烈的拥抱，叶莎的手放在键盘上，嘴里窃窃地笑。

一切都是那么自然。

叶莎很喜欢朱尔叫她“小鬼”。听起来，要了命地亲切。她也从来没有想过换网名，惟一的一次改变是在苏眉的生日Party后，那天叶莎听倪蔚佳唱了一首叫《眉飞色舞》的歌，倪蔚佳说：“想着自己最爱的人，就可以把一首歌唱得眉飞色舞！这首由林扬创作的新歌特别送给我们的小寿星苏眉！”叶莎心动于倪蔚佳所说的前一句。想着朱尔的时候，天真的是那么蓝，树真的是那么绿，自己真的是那么眉飞色舞。而那的确也是一首令人眉飞色舞的歌，叶莎很喜欢，Party结束后还特意向倪蔚佳讨来了歌词。

那晚，叶莎就叫自己“眉飞色舞”。

刚进去没多久，朱尔就进来了。

叶莎赶紧和他打招呼说：“嗨，老猜！晚上好啊。”

“呵呵，这么晚了是谁在眉飞色舞？”

“是我，小鬼啊。”

“哦，哈哈，为什么改名字？”

“我今天学了一首新歌啊，就叫这个名字，很好听的！”

“那唱来听听？”

“好，你要认真听啊！我打字慢，你不许烦！”

“不敢，耳朵都竖起来啦。”

“那好，我唱啦。”

“嗯，我听。”

“夏天来了，啦啦啦，穿上我的花裙子，戴上我的花草帽。天很蓝，我很美，盼着和你的约会……”

“真是好歌，唱得也不错！”

“是我一个朋友原创的呢。”叶莎说，“你要真听见，保证喜欢。”

“那你盼着和我的约会吗？”朱尔问。

看到这句问话，叶莎的心怦怦地乱跳了一阵，几乎打不动字，迟疑了好一会儿才在键盘上缓缓地敲下一个字：“想。”

“那接着唱。”朱尔说完，又在网上轻轻地吻了她一下。

虽然在网上吻并不算什么，但这是朱尔第一次吻她，叶莎感觉自己真的眉飞色舞了，幸福得不知所措。

就是这样和朱尔在网上聊天，战战兢兢地感受爱情最初却最真实的样子，一天又一天。叶莎清楚朱尔永远也不会知道自己就是他隔壁那个小姑娘，而也只有在虚拟的世界里，她才能拥有朱尔对自己的一点爱意。

傻傻的叶莎傻傻地想，这就足够了。

终于有一天和朱尔真正地聊到爱情。

那是在一个很深的夏夜，燥热并未完全地退去，偶尔也有风吹来，吹起叶莎的长发和有花边的睡裙。叶莎等了很久，快要睡着的时候，朱尔才晃进了聊天室。而且这一天他没有用他常用的网名“猜猜猜”，而是改名叫“遥远的牧歌”，并主动跟叶莎打招呼。

“我的小鬼，晚上好啊。”

一看到那鲜红的字出现在屏幕上，叶莎连忙坐直了身子。

“为什么换名字？”这次轮到叶莎问。

“心血来潮。”看不出他的心情是好还是坏。

叶莎于是问道：“心情不好吗？”

“这样的年纪，无所谓心情好坏啦。”

“绝对不同意，我奶奶快七十岁了还常常心情不好呢。”

“哈哈……”

“你是失恋了吧？”见朱尔乐了，叶莎得寸进尺地调皮。

“哈哈！”朱尔又笑了，“真是个机灵的小鬼，你看我像失恋了吗？”

“如果不是，为什么叫遥远的牧歌呢？听起来好伤感。”

“你听过牧歌吗？荡气回肠。那一年去内蒙古听到，不过是很久远的事了，今天忽然想起。”

“是跟你心爱的女孩一起去的吧？”

“是的。”

“她呢？”

“走啦。”

“你想她吗？”

“想。”

“老猜啊，很想一个人的时候是什么样子？”

“小鬼，难道你没有过吗？”

“有。”

“那你说说看。”

“有点傻，有点怕，有点糊里糊涂。”

“呵呵，总结得不错。小鬼爱过？”

“我正在学着爱。”

“要我教吗？”

“你肯吗？”

“手把手。”朱尔说，“我带你眉飞色舞地爱。”

叶莎的心扑扑啦啦地飞起来。朱尔的话开始带着一种暧昧的暗示，在黑夜和网络的遮掩下直朝叶莎卷来。叶莎想象不出朱尔如果此时站在自己面前，知道网中的对手是自己会露出怎样惊讶的表情。当然，她宁愿沉醉在这一份虚幻里，忘记自己只有十七岁，提前享受爱情的甜美和浪漫。

想了想，叶莎顾左右而言它地打下一行字：“你会带我去内蒙古吗？”

“不会。”

“为什么？”

“有些回忆不能重复啊。”

“那你会见我吗？”

“如果我说不会，你会接受吗？”

“接受。”叶莎大大地松了一口气说，“我也不想见你。”

“呵呵，小鬼你很与众不同。”朱尔好像也松了一口气。

“谢谢。我听过一首民歌，很喜欢。”

“说说看。”

“《桑吉德玛》。”

“呵呵，这歌我也喜欢。”朱尔说，“有个很可爱的小姑娘还为我跳过这支舞，我至今难忘。”

这是叶莎第一次听朱尔在网上提到自己，实在是有些开心，问道：“她跳得好吗？”

“非常好。”

“那你很喜欢她喽？”

“当然！”

“是喜欢还是爱？”叶莎实在忍不住地一路问下去。

“哈哈，她还是个小孩子。我看着她长大，一蹦一蹦地长高。”

“既然长大了，就不是孩子了。”

“在我的心中，她永远是孩子。”

叶莎在电脑前撅起了嘴，当然朱尔不会看见。过了好一会儿，叶莎说：“过几天我要出去旅行了，你可能有一阵子在网上看不到我。”

“那么巧？”朱尔说，“我也要出门。”

“是巧。”叶莎说，“你会想我吗？”

“会。”朱尔毫不犹豫地说。

“那么再见。”叶莎说，“祝老猪一路顺风。”

“也祝小鬼一路顺风。”朱尔说，“不跟我吻别？”

叶莎的手无力地放在鼠标上，很慌乱、很生疏地点了那个吻的动作，在朱尔粗放的笑声里甜蜜地下了线。

那一晚，叶莎辗转难眠。她一直在想，自己和朱尔这样算什么？是不是也算作一种开始，一切都是那么不着边际、不可预知。如果朱尔知道是自己，该是怎样的心情？她甚至大胆地想，自己可以不在乎年纪，如果朱尔可以等自己长大，如果……这样的胡思乱想让叶莎头疼欲裂，她又爬起来上了网。朱尔已经不在网上，尽管这样，叶莎还是在网上漫无目的地逛了一个多小时。每一分钟，仿佛都还在盼着他的出现。

这份看似幸福其实重若千斤的心事，叶莎感觉自己已经无力再独自承载。

第二天，叶莎骑了很久的车，敲开了苏眉的门。

苏眉正在家里画画。

她很得意地给叶莎看她的作品："快看，像不像我们三个？"

画中三个神态各异的美少女，穿着很夸张的花裙，在阳光下奔跑，背景是一片黄澄澄的油菜花。苏眉给她的作品起名叫《眉飞色舞》。

"真好。"叶莎说，"很像我们三个啊。"

"雪薇一直让我给她的画廊送一张画，我没有拿得出手的。那天听倪蔚佳唱那首歌，才算找到点灵感。"苏眉松松气，说，"这下总算可以交差了。"

"眉眉。"叶莎气若游丝地说，"我就要和他出游了。"

"你怕？"

"是的。"叶莎说。

"怕什么？"

叶莎说："昨晚他吻我，我也吻了他。"

苏眉跳起来，惊叫着说："要死啊！我不是让你要小心？"

"我是说在网上。"

"你……"苏眉总算呼出一口气，"你要吓死我啊！"

“可我怎么感觉像真的？”

“莎莎，”苏眉看着她说，“你不可救药了。”

“是的。”叶莎说，“我爸爸妈妈要是知道……。”

“要是朱尔知道，”苏眉说，“我想他会无地自容。”

“我是不是在做错事？”叶莎担心地问苏眉，“这样是不是非常不好？”

“我想是的。”苏眉说，“也许朱尔只是在你的身上寻找写作的灵感，当他写完小说后，就会忘了你。到时候你怎么受得了？”

叶莎掩面说：“别这么说他，网络难道真的没有真情吗？”

“我想就算有，”苏眉一语中的，“也不属于十七岁。”

叶莎抬眼看苏眉，苏眉把掌心放在她掌心，说：“答应我，莎莎，别玩火。我早说过，和前辈过招，你输不起的。”

“我身不由己。”叶莎苦恼地说。

“可你总不能颠覆在虚幻的想象里。要知道你和他永远也不可能，长痛不如短痛。”

“你做到了，是不是？”

“是。”苏眉咬咬牙说，“只能是美好的回忆，所幸他还是我哥哥，我没有失去太多。如果你没把握好，你和他，可能连朋友都不能做。”

那么热的天，叶莎却打了个寒战。

三天后，叶莎和朱尔共同登上了开往南方的飞机。

第一次坐飞机，飞机刚一起飞叶莎就晕得一塌糊涂。朱尔很细心地照顾她，一面吩咐空中小姐干这干那，一面担心地说："你可千万不能瘦了，不然回家我无脸见你爸爸妈妈了。"

叶莎勉强挤出一丝笑，说："放心啦，我没那么娇气的。"

"别说话啦，"朱尔看着她说，"休息休息。"

"是不是后悔带着我这个累赘出门？"叶莎不好意思地问。

"看你说的。"朱尔说，"不过我倒真没想到你和如意一样，她也是这样，一坐飞机就晕。偏偏她还不怕，非要跟着我跑东跑西的。"

"我也不怕，"叶莎说，"跟你这样的名人出游可真是荣幸啊。"

"哈哈，"朱尔笑着说，"什么时候莎莎的嘴也变得这么甜了？"

叶莎想说还不是在网上被你培训出来的，话都到嘴边了又赶紧缩了回去，可不能露出一点点的蛛丝马迹，不然一切都完了。

于是就闭了嘴，佯装睡起觉来。

飞机到达的时候是夜晚。坐着出租车往宾馆去的时候，灯已一盏一盏地亮了起来。这个海边的城市空气中流淌着一种别样的气息，令第一次出远门的叶莎兴奋不已。她一直趴在窗口津津有味地往外看，全然忘了刚才身体的不适。

朱尔说："待会儿你还要高兴，我让他们给你留的房间，拉开窗帘就可以看到海。"

"啊！"叶莎说，"朱叔叔，我真高兴不过来了啊。晚上我

们就去看海，怎么样？”

“行！”朱尔说，“全听莎莎的安排。”

出租车一晃一晃地往前开，叶莎感觉自己和朱尔靠得很近。她恍然又想起朱尔曾给过她的那个若有若无的拥抱，还有在网上的看似遥远却又显得无比真实的吻，脸红红的。她尽量别过头看着窗外，眼睛里竟有潮潮的雾气升上来，人太幸福了，原来真的会落泪！

他们所住的宾馆真的离海很近。吃过晚饭后，朱尔就带叶莎去看海。夜之海安宁而又平静，海面像闪着丝光的蓝色缎子。叶莎脱了鞋，兴奋地在海边奔跑，回头对着朱尔喊道：“朱叔叔，真漂亮，就像电影里一模一样！”

见她高兴，朱尔对着她疼爱地说：“这些天就好好放松一下吧，到了高三没了命地苦啊，这个我有体会的！”

“朱叔叔你还记得你的高三吗？”

“嘿嘿。”朱尔说，“我不是个好学生啊，天天趴在桌上写作，把我们老师气得胡子都翘得高高的，一见我就直叹气。”

“可是你成功了啊。”叶莎在朱尔身边坐下，说，“瞧你现在回我们学校多风光，那么多人毕恭毕敬地坐着听你讲话，哪个老师敢不把你放在眼里？”

“哈哈，”朱尔谦虚地说，“纯属侥幸，文章写得好的大有人在。我就特别喜欢看普通网友写的东西，很随意也很真实，是作家学不来的。”

“对了，朱叔叔，”叶莎心怀鬼胎地问道，“你有相好的网友吗？”

“怎样算是相好的网友？”朱尔问。

“就是……你不在网上的时候会想他。”

“呵呵，”朱尔笑着说，“那倒没有。你呢？”

“难道你在网上没有遇到过聊得来的吗？”

“有啊，很多，”朱尔说，“但那毕竟是网络，怎么能和现实生活等同呢？”

“是不是网上的一切都不能当真？”叶莎略微有些生气地说。

“也不能全这么说，”朱尔回答，“假作真时真亦假。”

“真深奥。”叶莎的心里难过极了，她多么希望朱尔能提到“胆小鬼”，他曾经答应过手把手地带她爱得眉飞色舞，曾经拥抱过她吻过她，难道他就真的只是信口道来，忘得一干二净了吗？

“等你长大了，你就明白了。”朱尔说。

叶莎抱臂沉思，朱尔的话让她的心里有些冰冰凉。她真怕像苏眉说的那样，等朱尔写完小说，就会完完全全地忘了她。

“你的网络小说写得怎么样了？”叶莎问。

“快完了，”朱尔说，“夏天一过就可以交稿喽。”

“哦。”叶莎说，“朱叔叔，我累了，我想回去睡觉。”

“好，”朱尔起身，拍拍身上的沙，说，“今晚好好休息。我们白天再来看海，那是完全不同的感觉。”

躺在异乡的酒店里，远处就是曾经盼望、想象很多年的深深

深深的海洋。想着朱尔刚才的话，叶莎的心好像也被慢慢地浸在海水里，有一种冰凉的失望。她安慰自己，不要想得太多了，应该高兴才对啊，在接下来的好多天里，他都会陪在自己的身边，这难道不也是自己盼望已久的快乐吗？

朱尔的确把旅程安排得很令人满意。除了开会的时间，他几乎都陪在叶莎的身边，叶莎喜欢做什么都陪着她做，一切都以叶莎开心为原则。叶莎也就渐渐忘了那些让她不开心的细枝末节，安心地享受起度假的生活来。

跟妈妈打电话，妈妈总还是有些不放心，问道："还习惯吗？"

叶莎笑着说："不知道有多习惯。"

"不可以乱花你朱叔叔的钱。"妈妈警告说，"也别老恋着玩，玩累了还是要看看书的。"

说完了又让叶莎把电话递给朱尔，大概是说了不少感激之类的话。叶莎听见朱尔对妈妈说："你放心，她很听话的，一回宾馆就捧起课本。"

电话挂了，叶莎不好意思地说："朱叔叔你也帮着我骗妈妈，我哪有那么努力？带来的书还没有翻过呢。"

"出来玩就是要玩得彻底，玩得放松，念书还就差这几天？不看也罢！"

"这话我爱听。"叶莎笑眯眯地说。

那晚朱尔带叶莎出去看电影，几部电影同时在演，朱尔让叶莎挑一部，叶莎挑来挑去挑了很老的一部电影，《玫瑰的故事》。周润发和张曼玉演的。朱尔笑着说：“小姑娘就喜欢这种调调的，好吧，今天叔叔也陪你浪漫一回。”那是一个悲剧结尾的故事，看完了两人一起散步回宾馆，叶莎一直都有些黯然。朱尔安慰她说：“别想了，故事而已。”

“朱叔叔你是不是也喜欢写悲剧？”

“也许吧，”朱尔说，“悲剧可能更打动人一些。”

“可我还是喜欢喜剧。”叶莎说，“笑不比哭好？”

“有道理！”朱尔说，“以后我改写相声！”

正说着呢，经过一间网吧，朱尔想了想，对叶莎说：“我想进去收收邮件。”

“那你去吧，”叶莎说，“我回去看书。”

“认识路吗？”

“认识。”叶莎说，“你大可放心。”

“我可能回来得晚些。”

“没事。”叶莎说，“今晚你不用管我了。”

看到朱尔进了网吧的门，叶莎三步并作两步地往前跑，往前折进了另一家网吧。三下五除二地进了那间聊天室，朱尔果然已经在里面了。

“哎哟。”朱尔一见她就说，“小鬼你跟得真紧啊，想我了？”

“想得要命。”

“怎么个想法说来听听。”

“想到出来旅游还忘不了上网。我在网吧，这里网速不快。”叶莎低喘着气打字。网吧里的键盘不是很熟，打起字来，又要慢些，她真怕朱尔会没有耐心走掉。

“我也在网吧，”朱尔说，“不过我这网吧还行。”他回话并不快，看得出来是一边聊天一边处理邮件。这样也好，叶莎可以松口气慢慢地打字。

“旅途还愉快吗？”

“还行。”朱尔说。

“一个人？”

“一个人。不过你要是陪我，就是两个人。”

叶莎想，这个朱尔啊，从来就没有一句真话。于是，她恶作剧地说：“那我来陪你好啦。你请我看电影？”

“哈哈，我倒真是刚刚看完电影来着。”

“好看吗？”

“陪客，没认真看。”

“什么人值得你这样陪？”

“别吃醋啊。”朱尔说，“如果是你，要怎么陪我怎么陪！”

“什么话？”听朱尔这么说，叶莎真不好意思再和他继续聊下去。朱尔那边却也好半天没有话过来，等了很久，才发现他掉线了。

叶莎又等了好一会儿，也不见他上来，这才结账，走出了网吧。

走出网吧不远就看到朱尔，他正站在路边东张西望。见了她，朱尔直跑过来说：“莎莎你去哪里了？这里我都来回找了好几圈了。”

“我随便走走。”叶莎慌忙掩饰说，“你不是说你要很晚？”

“打电话你不在房间里，”朱尔说，“真把我吓一跳。”

“对不起啊，朱叔叔，”叶莎满怀歉意地说，“我没想到你会担心。”

朱尔看了看她身后，有些吃惊地说：“你刚才也去了网吧？”

“没……没有！”叶莎吓坏了，连忙摆手。朱尔将信将疑地带着她回了宾馆，吩咐她不要乱走，这才带上门，放心地离去。

叶莎拍拍胸脯，心想：“好险！”

怕朱尔担心，那以后叶莎都不敢一个人行事了。朱尔有事，她就呆在房间里乖乖地看书，或者把耳朵贴在窗户上，希望能听到大海的涛声，其实最希望的还是听到朱尔朝自己走过来的脚步声。

快乐的时光总是短暂，再回到江城的时候已是快开学了。朱尔怕叶莎在回来的飞机上再晕，提前做了不少的准备，奇怪的是叶莎却一点也不晕了。更没有想到的是，苏眉和倪蔚佳竟会来机场接自己。

三个好友在机场嘻嘻哈哈地拥抱。

朱尔咂咂嘴说：“多美好的友情，相比之下，我多落寞。”

“莎莎这是第一次出远门啊，我们不来接可不像话。不过您也别生气，接莎莎也是来接您啊。”倪蔚佳对朱尔说，“再说了，您要是一声令下，机场里接您的Fans还不要排成长龙啊？”

“嘴真甜。”朱尔说，“难怪唱歌那么好听。”

“人家暂时退出歌坛了。”苏眉说，“说什么要高考完了再复出。”

“哈哈哈……”倪蔚佳大笑，“说得我像什么名歌星似的。”

“你也有别人替你度身定做的歌，还不算名歌星啊？”苏眉说，“林扬给你写了《眉飞色舞》呢。唱两句来听听？”

“唱就唱！”宽大的机场候机厅里，倪蔚佳拎着叶莎的旅行包，放开嗓子就唱起来，“**夏天来了，啦啦啦，穿上我的花裙子，戴上我的花草帽。天很蓝，我很美，盼着和你的约会……**”

叶莎想要阻止，可是已经来不及了。他看到朱尔的脚步停了下来，用质询的眼光看着自己，叶莎的脸在瞬间变得苍白，几乎站不稳。

好在敏感的苏眉一把扶住了她。

新学期开始后不久，朱尔再次搬离了那幢小楼。他走的时候，叶莎并不知道。后来听妈妈说：“他要到外面采风一年，回来的时候，你该是高考结束了。”

“他都没有告诉我。”叶莎说。

“他走得匆忙，让你一定要好好念书，考个像样的大学，他回来有奖品。”妈妈说，“你朱叔叔对你期望很高的。”

那晚放学后，叶莎一直在大街上游走。在没有人的地方，叶莎哭了很久很久，她无从想象朱尔将会去什么地方，还有什么地方会比家更好。她后悔极了，都是自己的不慎才逼得朱尔做出这样的决定的。苏眉的话终于应验了，事到如今，她和朱尔连朋友都没法再做。

朱尔一走就杳无音信，只在春节的时候给他们全家寄来了一张明信片。明信片上是一片蓝天，只有短短的几个字："祝你们全家新年好！"没有回邮的地址，看来他是存心让叶莎找不到他。

连手机号码都换了。

叶莎再也不上网。那年春天，书店里可以买到朱尔的新书，书的名字叫做《眉飞色舞》。是苏眉第一个看到的，看完后还买了一本送给叶莎，并对她说："别再有心结了，我相信你看完这书后会释然的。"

叶莎流着泪看完了那本书，书中描写的是一个作家和一个早熟的中学生在网上发生的故事。

朱尔在他的序言的最后说："无论是在真实还是虚拟的世界里，都要以认真的态度来对待情感问题。希望孩子原谅大人的放纵，大人珍惜孩子的纯真。"

叶莎很希望有机会告诉朱尔，完全不必自责，她并没有怪过他，而是感激他，希望他一生幸福如意。她一定会好好地面对高考，并争取考上一个好大学，因为她已经提前收到了朱尔给的最好的奖品，那变成白纸黑字并值得一生珍藏的少女心事。

春天已接近尾声，天空有鸟飞过，叫起来，高一声，低一声。

令人眉飞色舞的夏天又要开始。

【附录】

给青春多加几个形容词

雪漫的话

给书取《眉飞色舞》这个名字，是因为当时很喜欢《眉飞色舞》那首歌啊！不过，取了这个名字，很长一段时间都有人跟我说："雪漫，这个词很配你哦！"

大概就是说我比较活泼吧……

不过我真的是很喜欢笑的，朋友们和我在一起，也是笑声不断。

看了看当年一篇"眉飞色舞"的专访，自己在这边，眉开眼笑开来。

眉飞色舞的雪漫

文/莫丽

和我想象中不同，雪漫的热情是一点点舒展开的。

雪漫有一把迷死人的声音，电话里的几次交谈，我已经跟她非常熟络，但是见面后，她并不“哎呀你好”地贴上来，我感觉她在偷偷地观察我。不过一个小时后，她走路时很自然地挽了我的胳膊，我想起雨君说“雪漫是爱憎分明的人”，并不盲目地选择爱与憎，是她的聪明。

雪漫的网名叫“坏坏”，如果有人说“这个女孩子坏坏的”，那一定是夸她古灵精怪，雪漫就是这样的女孩。她的作品中总有个伶牙俐齿、喜欢斗嘴的家伙，那是因为她自己说话也峰回路转，她自己跟人斗嘴也有声有色。雪漫是“花衣裳”的外交大臣，雨君说，只要饭桌上有雪漫，她就不会心里跳跳地怕冷场，因为雪漫是天生能制造快乐气氛的人。

雪漫是个向外“咻”“咻”发光的电子花，她好像三头六臂、精力无限，15天能写出一部长篇，一年能写10本书出来（她一边抱怨要写疯了一边喷泉一样撒字出来）。而且她还要做镇江电台的主持人，还要天天趴在“花衣裳”网站上跟读者“漫”谈。

小时候的雪漫，并不像现在这样“因为超级自信而充满气势”，那时她是个子矮矮的怪女孩。因为瘦且矮小，她的内心交织着自卑与自尊，竟然死也不肯坐第一排，为此跟老师大吵一架。她很寂寞，但心怀渴望："一直渴望能从书架上找到一本书，告诉我怎么度过漫长的14岁；一直渴望能有一个朋友，在迷茫的人生旅途中陪伴我。"但是两样都没有找到，于是她用笔做朋友，开始写自己的书，就在14岁。

14岁的雪漫，上来就写琼瑶、席娟似的长篇言情小说，她的作品成了流行n个校园的"地下手抄本"，很多人追着看，常常是第一节课间大家看完，第二节课她就续写下个章节。这种手抄本小说极锻炼她的写作速度和写作技巧，虽然她的成绩单从此非常难看，但她已经得到了巨大的满足和快乐。

"小说是虚构的快乐，一切梦想都能从笔下实现！"有趣的是，从此以后，不是杜撰的文字她根本就写不出来，她不会写散文、说明文、议论文，她的兴趣全在语言、情节、人物的各式各样的编织里面。

写字对少女时代的雪漫来说是自我的释放，现在，她希望自己的书成为少女破解成长的密码，成为她们书架上不可或缺的那一本。在雪漫马上写出的小说里，有12个有缺陷的女孩子，或者丑或者胖或者笨或者穷，但是她给每个女孩都设计了特别的故事和结局。"眉飞色舞"的雪漫，其实有特别善良的心地。

喜欢雪漫，像喜欢她笔下每一场甜美的爱情。

给青春多加几个形容词

文/杨火虫

青春从来没有像今天这样精彩，这样嚣张，满世界都可见到它呼啸飞驰的身影，从网络到校园，从酒吧到Party，从广场到陋巷，时尚如蜂如蝶追着它翻飞流转：哈日哈韩哈拉丁，光头板寸染长发，手机松糕养宠物，街舞锐舞PalaPala……青春的形容词如花瓣般洒落得满地都是。

“文章合为时而作”，文学界却异常固执地沉默着。我们尚没有自己的青春文学。在一个叫做“儿童文学”的王国里，勉强有一块叫做“少年小说”的菜地，作家们对那满地的形容词却视而不见，他们在忙着栽种着自己的青春经验，把玩着自己的青春记忆，不停地“探索”、“试验”，盼望着写出人性，写出永恒，并且希望今天的青春能在这里获得感动，而一任今天热闹精彩的青春在自己的窗外喧嚣着飞驰而过。

然而青春是耐不住寂寞的，它早已按捺不住表达自己的冲动，要么纷纷拿起笔来“自画青春”，韩寒、郁秀们借此一举成名；要么就转向港台及国外的青春题材，让《流星花园》、《蛋白质女孩》们一炮而红……

一边是热闹红火，一边是冷冷清清，总会有商家跃跃欲试，总会有作家无法无动于衷。“花衣裳”就在此时破茧而出。

说它“破茧而出”，是因为它的成员都有很深的“儿童文学”背景，却抛弃了旧的“少年小说”的写作方式，不再囿于或固执于自己青春经验与青春记忆的书写，转而走向“都市”、“青春”、“流行”的写作路线；更因为她们是自觉的，因志趣相投而走到一起，成为国内第一个女作家的自动组合，明确地提出要“为14到20岁的朋友写作”；她们是勇敢的，不再躲在“儿童文学”、“少年小说”的旗号下作茧自缚，高扬起了“青春文学”的大旗。

短短几个月内，“花衣裳丛书”（福建少年儿童出版社2002年1月版）、“花衣裳系列”（海天出版社2002年1月版）、“少年网事系列”（江苏少年儿童出版社2002年1月版）纷纷隆重推出，“花衣裳QQ版”（广东教育出版社2002年4月版）、“胖企鹅丛书”（安徽文艺出版社2002年4月版）也即将上市。仿佛就在一时之间，一件小小的“花衣裳”就撑起了一片五彩的天空，装扮出一派迷人的风景。

“花衣裳”是时尚的。聊天、黑客、分身；街舞、派对、野营；卡通、电宠、电玩；QQ、FLASH；星座、血型、闪灵；追星、呆呆、酷酷……种种青春的形容词，布满了她们的作品。

“花衣裳”是青春的。杰潘面对女孩子们的悲喜交加与磕磕绊绊，“从来就没有旁观”，每次都会“真心实意地投入”，并能“突如其来地爆发灵感、冲动和不一般的力量”。这不是爱情，甚至也不是友情。它只是青春的激情如花儿般自然地绽放，不求结果甚至想不到让人来欣赏；它只是心灵的阳光像歌声般溢出了胸膛，烂漫了自己也烂漫了这个世界。（节选自 郁雨君《呆呆向前冲》）

“花衣裳”是纯美的。单看题目就可以让你沉醉了：《一只酒窝，去找另一只酒窝》、《假如给猪一对翅膀》、《眉飞色舞》、《我对老师有点慌心》、《最熟悉的陌生人》、《恍惚的翅膀》……尤其是饶雪漫，所有的故事都编织得聪明、精彩，弥漫着浓浓的诗性与黏稠却率真的少女情怀，任性、叛逆都散发着青春的美丽。迎着时尚的风，伴着纯美的青春上路，“花衣裳”显得格外花枝招展。

能够点缀些青春的形容词，没什么稀罕。这些飘飘荡荡的时尚表象，大部分都会在时光中风吹雨打去。强行剔除或许是大多数成人的愿望，加点东西让它自我沉淀与净化岂不是更好的选择？“花衣裳”采取的就是后者：给青春多加几个形容词。